光文社文庫

文庫書下ろし／長編時代小説

角なき蝸牛《かたつむり》

其角忠臣蔵異聞

小杉健治

光　文　社

この作品は光文社文庫のために書下ろされました。

目次

角なき蝸牛《かたつむり》　其角忠臣蔵異聞

第一章　毒酒

一

うだるような暑さも、十日ばかり前には終わった。もう蟬《せみ》の鳴き声は聞こえなくなった。しかし、小石川《こいしかわ》の伝通院《でんづういん》では真昼間《まっぴるま》でも蚊《か》が酷《ひど》く飛んでいた。

門前に並んでいる大勢の来訪客は鬱陶《うっとう》しそうに、手で追い払っていた。

皆、寺の前で殺生を避けているのだろうが、俳人の宝井其角《たからいきかく》は自分の禿《は》げ頭に止まった蚊を思い切り強く叩き殺した。

「先生」

一緒に並んでいる内弟子の二郎兵衛《じろべえ》が嫌そうな顔で言う。

「こんだけの蚊に刺されちゃ、たまったもんじゃねえ」

其角は吐き捨てるように言った。

ふたりの前にも、後ろにも、大勢の人が並んでいる。

皆、昨年の十二月に亡くなった徳川光圀《とくがわみつくに》公の法要に出席する者だ。武士だけでなく、商人《あきんど》や文人も多くいた。

門前には取次がいて、そこで名前を書いてから中に通されるようであった。

列が進み、やがて其角たちも通された。

若い中間《ちゅうげん》が其角に向かい、

「えー、どちらのご住職ですかな」

と、真面目な顔できいた。

「坊主じゃねえ。宝井其角って者《もん》だ」

其角は舌打ち交じりに答えた。

「これは失礼した。えーと、こちらはご子息で?」

中間は慌てたように言う。

其角は舌打ちをして、

「こいつは弟子の二郎兵衛だ。ちゃんと、水戸《みと》さまから頂いた文《ふみ》に返事をしたためてある」

と、強い口調で答えた。

二郎兵衛は横目で其角を睨《にら》みつける。

こういう文句を言って欲しくないようだ。だが、ついむかっと来てしまうのだから仕方がない。

「左様で。失礼いたした」

中間の額からは暑さとは関係のなさそうな汗が垂れていた。

其角は四十一歳で、二郎兵衛は二十五歳。親子までは離れていないが、貫禄のある禿げ頭は到底四十一には見えない。

法要が決まったのはひと月ばかり前で、普段は二郎兵衛に留守番をさせているが、今回ばかりは連れてきたかった。

二郎兵衛は江戸座《えどざ》で留守番をしていると言っていたが、

「普段、お前がわしの代筆で文を書いているんだ。相手の顔くれえ知っておくべきだ」

と、其角は言いつけて、無理やり連れて来た。

「それにしても、思ったよりもひとが多いな」

其角が二郎兵衛に言った。

「それだけ、黄門《こうもん》さまが慕われていたということでしょう」

「いまの将軍さまでも、これほどは来ねえだろう。特に商人や文人は」

其角が皮肉っぽく言う。

「先生、言葉を慎んでください」

二郎兵衛がきつい顔をした。

「なに、将軍なんかよりも、黄門さまを慕っているだろう。そもそも器が違う」

其角ははっきりと言い、さらに続けた。

「生類憐《しょうるいあわれ》みの令で、この間犬を害した奴が殺されたらしい。だが、黄門さまは大切にしていた鳥が殺されたときにも、殺した奴を許した。それだけじゃねえ。そいつが真っ当な生き方が出来るようにと更生させたらしい。将軍よりも黄門さまが優れているってことじゃねえか」

其角は力強く言う。

周囲の者はちらちらと其角の方を見る。中には深く頷《うなず》いている者もいて、其角にとって愉快であった。だが、あまり大っぴらに同調する者はいない。皆、幕府の監視の目を恐れているのだろう。

「先生」

二郎兵衛が叱りつけるように呼びかける。

「うるせえな」

其角はそう答えながらも、それ以上は言わなかった。

本堂に向かって、さらに歩いていると、

「其角先生」

横から声をかけられた。よく通る声であった。

振り向くと、ほっそりとして、額の広い、細長い目の四十半ば過ぎの武士が近づいてきていた。芭蕉《ばしょう》の一門の森川許六《もりかわきよりく》である。芭蕉の晩年の弟子であり、本名は森川百仲《ももなか》という。彦根《ひこね》藩に仕え、第四代藩主で大政参与《たいせいさんよ》まで務めた井伊直澄《いいなおずみ》から信頼を置かれていた。

許六という名は、六芸に通ずるというところから来ており、六芸というのは剣術、馬術、槍術、書道、和歌、絵である。槍術は宝蔵院《ほうぞういん》流の鎌十文字槍《かまじゅうもんじやり》の名人とまで言われ、絵は狩野探幽《かのうたんゆう》の弟で奥絵師の狩野安信《やすのぶ》に師事し、松尾《まつお》芭蕉は絵においては許六の弟子であった。

「なかなか江戸に来る機会がございませんので、いつも文で失礼しております」

許六は折り目正しく頭を下げた。

「いえ、森川さまがいらっしゃるとは思いませんでした。文でも寄越して頂いたらよろしかったのに」

其角は久しぶりの再会に胸が高鳴っていた。同じ芭蕉の門下のなかでは、許六が一番話していて楽しい相手であった。

服部嵐雪《はっとりらんせつ》や杉山杉風《すぎやまさんぷう》など、なんでも言い合える近しい間柄の者はいるが、其角は許六を尊敬している。芭蕉、光圀、伊達《だて》公などに次いで珍しい相手であった。

「先生にお気を遣わせてはいけませんから。江戸に来ることは言っていなかったのですが、どういうわけか杉風に露見してしまい、高輪《たかなわ》の大木戸《おおきど》で派手に迎えられました」

許六は笑った。

杉風は芭蕉の最古参の弟子で、さらには金銭的に芭蕉を支援していた。本業は『鰻屋《うなぎや》』という魚屋で、幕府の御用商人である。常に甲斐甲斐しい。

「そうでしたか。では、宿は杉風が取ってくれているので？」

「いえ、彦根藩の中屋敷に泊まっております。私は藩主、直通《なおみち》の供で参りましたので」

「井伊さまは光圀公の信頼が厚いですからな」

許六を取り立てた直澄は、光圀が認めるだけあって、機知に富んだ上に、穏やかで器も大きかったらしい。四代将軍家綱《いえつな》が粗末な茶を点《た》てたときに、光圀の代わりに自分も頂きたいと将軍、光圀、どちらの顔も潰《つぶ》さないでことを収めたことがあるそうだ。

「江戸には、いつまでいらっしゃるので？」

其角はきいた。

「まだ決まっておりませぬが、これを機にしばらくは江戸にいるかもしれませぬ」

「それは、井伊さまもこちらにいらっしゃるということですか」

「そのつもりでございます」

許六は頷く。

「では、またゆっくりとお話を……」

「ええ。先生には是非、中屋敷に来ていただきたいと思っています」

「それは、喜んで」

其角は頭を下げて答えた。

「ところで、こちらが先生のお弟子の二郎兵衛どのに？」

許六がきいた。

「はい。お初にお目にかかります」

二郎兵衛が挨拶をする。

許六は目を細めて、深く頷いた。

二郎兵衛は不思議そうな顔をする。

「足を止めてしまい、申し訳ございません。また後ほど」

許六は其角と二郎兵衛に挨拶をして、去って行った。

二郎兵衛は其角に改まったように、

「先生、芭蕉先生のお弟子さんたちは私のことを見ると、あのような顔をするのですが、先生が何か言いふらしているのではありませんか」

と、首を傾《かし》げる。

「言いふらすって何をだ。あまり自惚《うぬぼ》れるんじゃねえ」

其角が一蹴する。

「しかし……」

「別にお前のことを変な目で見てねえ。嫌なことはねえだろう」

其角は言いくるめた。

「でも、おかしいじゃありませんか。もしかして、私のことで何か皆さんが隠していることでもあるのですか」

二郎兵衛が疑うような目つきをする。

「また考えすぎだ。くだらねえことは放っておいて、行くぞ」

其角は少し足を早めて、本堂に向かった。

正面の石段を十段くらい上がったところに本堂がある。その前には、水戸藩の武士たちがいて、参列者に席の案内をしているようであった。

其角が行くと、

「宝井其角先生でございますな。どうぞ、こちらへ」

取次役の武士のひとりが案内してくれた。

其角の座る場所は前の方で、すぐ隣には伊達公がいた。

「まさか、わしがこんなところとは」

周りを見渡して言った。

「先生は黄門さまに気に入られていたからな」

伊達公が当然のように答える。

伊達公も光圀のことを慕っていた。よく伊達公からも、黄門さまはどうだという話を聞いていた。

「それにしても、ここまで盛大に執り行うのであれば、相当な額になるであろうな」

伊達公が苦笑いした。

「水戸藩ならこのくらいは……」

「何を言っておる。水戸藩くらい大きな藩だからこそ、金がないのだ」

「どういうことで？」

其角はきいた。

「今年の五月に水戸藩の表高《おもてだか》が二十八万石から三十五万石になった。だが、実際には加増などしておらぬので、表向きの石高だけが増え、それに見合う格式を維持するために支出は増える一方なのだ」

伊達公は厳しい目をして答え、

「これから、藩に仕える者たちへの俸禄《ほうろく》の未払いなども増えるであろう。それに、いま物の値が上がっておる。武士がこのようでは、百姓だって大変であろう。水戸を逃げ出す者も増えるかもしれぬ。そしたら、田畑が荒れ、米不足になるかもしれぬ」

と、わかりきったように言う。

「そのときには、水戸の領民を仙台で庇護するのですか」

其角は重たい声できいた。

「逃げてきた者を追い返すわけにはいかぬであろう。まあ、それでも七月の終わりに……」

伊達公が続けようとしたとき、場が静まり返った。

伝通院の住職が現れ、一同に向かってお辞儀をした。

それから、供養の経を唱え始めた。

一刻《いっとき》（約二時間）ほどで供養は終わった。参列者はぞろぞろと帰るのかと思いきや、本堂に留《とど》まり、それぞれ目当ての者たちと話をしている。光圀を弔う気持ちよりも、この場で何か繋《つな》がりを得たり、誰かに近づこうと考えている者の方が多いのだろう。

だが、光圀はそんなことで怒るどころか、むしろ喜んでいるような気がした。

其角は伊達公に、

「さっき言おうとしたことは？」

と、訊《たず》ねた。

「うむ。七月の終わりに、元大和郡山《やまとこおりやま》藩士の安田文左衛門宗貞《やすだぶんざえもんむねさだ》という者を召し抱えて、財政改革を進めようとしている。それがうまくいけばよいがな」

伊達公の声にはどこか諦めが混じっていた。

「ところで、あそこにいる者を存じておるか」

伊達公がふと本堂の出口の近くを指した。さっき読経をしていた住職と、水戸徳川家の家老と三人で何やら真面目な顔をして話し込んでいる。

見かけからして、武士ではないが、商人でもない。だからといって、文人という感じもしなかった。

「あの方は？」

其角がきいた。

「石清水八幡宮《いわしみずはちまんぐう》の覚運《かくうん》どのだ」

「京《きょう》にある神社ですな」

「そうだ。覚運どのは、浅野《あさの》家筆頭家老《ひっとうがろう》、大石内蔵助《おおいしくらのすけ》どのの養子でもある」

「え？　あの大石さまの？」

其角は思わず声をあげ、もう一度その方を見た。

三人が話している内容は到底聞こえてこないが、何やら真剣な話のようであることだけはわかった。

「黄門さまと石清水八幡宮は何か縁が深いのですか」

其角はきく。

「いや、おそらく私事であろう。浅野家は赤穂《あこう》へ転封する前までは、水戸の隣の笠《かさ》間《ま》にいた。近くということもあって、交流は深い」

「そういうことでしたか。家老の養子が……」

其角の脳裏には、ふと覚運が大石に頼まれてきたのではないかと疑ってしまった。堀《ほり》部《べ》安《やす》兵《べ》衛《え》が京山科《やましな》で大石と会って帰ってきたというのもあるのかもしれない。もしかしたら、堀部と覚運は一緒に江戸に出てきたのかもしれない。

「どうも、赤穂のことで色々と噂をきく」

伊達公が重たい口調で言った。

「仇討ちでございますか」

「それもそうだが、あの刃傷の裏に誰かがいる、ということをな」

「裏に？」

其角はきき返した。すぐに察しがついた。

柳沢《やなぎさわ》出羽守《でわのかみ》吉保《よしやす》と言おうとしたところ、

「ひどい者などは水戸徳川家だと言っている」

と、伊達公は言った。

揶揄《やゆ》しているのかと思って目を見たら、真剣であった。

「どうして水戸さまが？」

其角がきく。

「黄門さまが関白近衛《かんぱくこのえ》さまの子女を正室に迎えたからかもしれぬが、水戸家は幕府ではなく朝廷よりの立場なのだ」

「朝廷と幕府が対立していると？」

「いや、対立はしておらぬ。幕府は朝廷を凌《しの》ぐ勢いがある。そもそも、黄門さまは将軍綱吉《つなよし》公の好き勝手な政《まつりごと》に嫌気が差しておられた」

伊達公は決め付ける。反骨心のある伊達公は、何かと将軍と他藩の争いごとなどを好む。二十代前半に、伊達騒動と呼ばれる御家騒動がきっかけで隠居させられた身であるが、内心では隙あらば復権を画策しているのではないかとさえ思える。

もともと、初代藩主の伊達政宗《まさむね》は開府以降、徳川家康《いえやす》に警戒されて、十何年も居城の仙台《せんだい》に帰ることが出来なかったように、天下を取ろうとしている気質が見受けられる。

なんとなく、この伊達綱宗《つなむね》にも同じ考えがあるのではないかと感じられる。

「それで、綱吉の威信を失墜させるために、浅野さまに命じてあの騒動を起こしたのではないかともいわれておる」

伊達公が淡々と言った。

「そんな噂もあるので？」

其角は驚いてきき返した。

表向きは、吉良上野介《きらこうずけのすけ》にさんざんいじめられてきた浅野内匠頭《たくみのかみ》が殿中にて怒りを爆発させて刃傷に及んだとされている。

内匠頭の即日切腹、浅野家は取り潰しの沙汰に、世間の同情は浅野家に集まった。だが、綱吉の威信を失墜させるために、水戸家が浅野さまに命じてあの騒動を起こしたという噂があるという。

今までに聞いたことがなかった。もしや、伊達公が自分で作った話なのではないかとも思えてきた。

其角は伊達公を見るが、なんとも言えない曖昧《あいまい》な表情をしていた。

伊達公は咳払《せきばら》いをしてから、

「ともかく、水戸徳川家と将軍の対立があるから、こんな話が広まったのだ。水戸徳川家と親しいのは、何も浅野家だけではない」

「と、仰《おつしや》いますと?」

「上野介も朝廷に通じる。そして、いまや将軍よりも権力を振りかざしているのは、老中《ろうじゆう》の柳沢出羽守に他ならない」

伊達公が決め込む。

「なにを仰りたいのです?」

其角はきいた。

「黄門さまは綱吉公を白い目で見ていたが、事を起こそうとはしなかった。むしろ、家中の動きを止めていたようなのだ。だが、黄門さまが亡くなってからわずか三月《みつき》後に、あの刃傷沙汰が起こるというのが、まるで機を狙っていたかのようだ」

「考えすぎにございます」

其角は否定して、

「それならば、水戸徳川家と関わりのあるふたつの藩が揉《も》め事を起こすなどもってのほか」

と、きっぱり言った。

「そこだ。何か裏があるに違いない。其角先生、ちょっと探ってみてくれぬか」

伊達公が大きな目を見開いて、ぐっと見てきた。

まるで、市川團十郎《いちかわだんじゅうろう》が見得《みえ》を切るような迫力があった。

役者張りの端整な顔さながら、家柄の良さからか、團十郎とは比べものにならない気品で、そのせいか余計に恐ろしくも感じられた。

「先生、頼まれてくれぬか」

伊達公がもう一度言った。

其角は伊達公の目をじっと見つめ返し、

「どうして、そこまでして知りたいので？」

と、きいた。

「さっきも言った通りだ。もし、水戸どのの企《たくら》みがあれば、仙台藩としても対岸の火事ではない。それに備えねばならぬ」

「忍びの者を使って調べさせたらいかがです？」

「すでに手を打っておる。しかし、なかなかわからぬから、こうやって先生に頼んでおるのだ」

伊達公は落ち着いた口調で繕っていた。

「刃傷の真相は……」

口を開きかけて、其角は隣にいる二郎兵衛を見た。何も言わないが、無駄なことはしないように目で訴えている。

刃傷の真相は内匠頭の持病のせいだと言おうとしたが、其角はその言葉を引っ込めた。証《あかし》があるわけではない。ただ、現場である松《まつ》の廊下《ろうか》にいた茶坊主の宗心《そうしん》が殺された。

梶川《かじかわ》与惣《よそ》兵衛《べえ》が聞いた、「この間の遺恨覚えたるか」という内匠頭の声を、宗心は聞いていなかった。つまり、内匠頭は恨みから上野介を斬りつけたのではなく、乱心したというのが、其角の考えだ。

だが、病気のせいなのにろくに調べもせずに即日切腹、御家断絶の沙汰を下した綱吉公に非難が向けられるのを防ぐために、柳沢出羽守は刃傷の原因を遺恨にしたのだ。

其角はその考えを口に出さず、

「あまりお力になれないかもしれません」

と、やんわりと断り、伊達公から離れた。

伊達公は無理についてくることはなかった。ただ、遠くから後ろ姿を見られている気配がしてならなかった。

其角と二郎兵衛は本堂を出た。石段の下で、専貞《せんてい》がさっきとは別の水戸藩の家臣と話し込んでいた。

それを横目に通り過ぎる。

「先生、これからどうしますか？」

二郎兵衛がきいた。

「そうだな。許六さまに挨拶をしてから帰りたいが」

其角は辺りを見渡した。

しかし、あまりの人の多さで、すぐ近くを歩いている者しか顔が見えなかった。

許六は背が高くないので、人波に埋もれたら見えない。

「まあ、いなかったら、もう帰ろう。彦根藩の中屋敷に泊まっていると言っていたから、あとで訪ねればいい」

其角は門に向かって歩き出した。

二

そのとき、ふと知っている顔が見えた。

中肉中背でうだつのあがらなそうな風貌をしている五十近くの男と、同じ年頃だが背が高く、体もがっちりとしていて、目鼻立ちの涼しげな男のふたりであった。

其角は二郎兵衛を見て、

「まさか、上方《かみがた》のあのふたりがいるとはな」

と、呟《つぶや》いた。

「どちらさまで？」

二郎兵衛は首を微《かす》かに傾げた。

「華のあるのが坂田藤十郎《さかたとうじゅうろう》で、地味なのが近松門左衛門《ちかまつもんざえもん》だ」

其角は答えた。

「え、あれが……」

二郎兵衛は珍しく驚いていた。

坂田藤十郎は上方の人気役者で、近松門左衛門は浄瑠璃《じょうるり》や歌舞伎などの作者である。

其角は弾む足で近づいた。

途中でふたりがこちらを向く。途端に、笑顔を見せて、手をかざした。

「なんだ、来ていたんだったら報《しら》せてくれりゃいいのに」

其角がふたりを交互に見て声をかける。

「わざわざ、そこまでする必要はないと思ったんや」

近松が手を振りかざして答える。

「わしもまさか、先生にお会いできるとは」

藤十郎は笑顔で軽く頭を下げる。

「そうだ、お前さんたちにはまだ紹介していなかったが、これが内弟子の二郎兵衛だ」

其角は二郎兵衛の肩を叩いた。

二郎兵衛が一歩前に出て、名前を名乗り、丁寧な挨拶をする。

「いつも文通ではお世話になっております」

二郎兵衛が言った。

親交の深い近松は其角の代わりに二郎兵衛が代筆していることは知っていた。もとより文を書くのが嫌いなので、其角が口で言って、二郎兵衛が書く。其角は見ていないのでわからないが、向こうからの文を見てみると、どうやら其角が言っていないことも二郎兵衛は文にしたためているようだ。

「二郎兵衛さんでんな。思っていたより随分と……」

近松が二郎兵衛の上から下まで嘗《な》めるように見る。二郎兵衛は何でそこまでじろじろ見るのだろうというような不思議な顔をしながらも、失礼のないように、にこやかにしている。

其角は思わず鼻で笑い、

「おい、そんな見るんじゃねえ。おかしく思うじゃねえか」

と、注意した。

「すんまへんな」

近松は手を顔の前で謝るようにした。

「え、二郎兵衛どのというと、あの……」

突然、藤十郎が思い出したように声を上げた。

はたまた、二郎兵衛は不思議な顔をする。

「まあ、こいつのことはいいだろう。それより、いつ江戸に来たんだ」

其角はきいた。

「一昨日《おととい》や」

「そうか。昨日訪ねてくりゃあ、よかったのに」

其角はまた言った。

「黄門さまの法要の後日、江戸座へ行こうと思っていたんや。そしたら、たまたまここで」

近松が笑った。

「で、いつ帰るんだ」

「まだ決めておまへん」

近松はそう言い、藤十郎を見た。

「せっかく江戸に来たのやさかい、しばらくいさせてもらいまっさ」

藤十郎が答える。

「また空いているときがあれば、ぱっとやろうじゃねえか」

其角が弾むように言う。

「そりゃあ、ええですな。芭蕉翁の葬儀のとき、以来ですな」

近松がどこか遠くを見る。

「ああ、もう七年も前だな」

其角が相槌を打つように、即座に返した。

近松とはそれまでにも何度かあったり、文でのやり取りも頻繁にしているが、藤十郎とはそのとき一度しかなかった。

「近々ゆっくり話そうやないか」

近松が誘う。

「ちょうど、文左衛門《ぶんざえもん》と吉原《よしわら》の『美作屋《みまさかや》』で呑むことになっているから、お前さんらも加われ」

「今日、『美作屋』で……」

藤十郎が口の中で小さく繰り返す。それから、近松と顔を見合わせた。

「どうした？」

其角がきく。

「生憎《あいにく》、これから用があるんや」

近松が申し訳なさそうに言う。

「そうか」

「しばらく江戸におるから、また都合の良いときにでも誘ってくれへんか」

「ああ、構わん」

「そしたら、そのときに色々話そうやないか」

近松が言う。

其角はふたりとその場で別れた。

日暮れどき、其角は吉原の揚屋町《あげやまち》にある『美作屋』に足を踏み入れた。

土間には番頭が控えていて、

「紀文《きぶん》の旦那が半刻前にお越しになっています」

と、愛嬌のある笑顔で教えてくれた。

この番頭とも、長い付き合いで、まだ小僧のときから知っている。昔から口は達者ではないが、仕事に熱心で、動きに無駄がない。其角も、紀文もそんなところが好きで、この番頭がいるから『美作屋』を贔屓《ひいき》にしている。

其角は二階の奥にある中庭が見下ろせる座敷に通された。

文左衛門がどっしりと腰を据えている。知っている年増の芸者がふたり、もうひとりは見たことのない若い綺麗な芸者で、いかにも文左衛門の好きそうな面長で、目が大きく、鼻が高い、つんとした面立ちだった。

女好きの其角も、たちまちその芸者が気にいった。この女なら文左衛門とはりあってもいいと思った。

其角は酒好きで女好きの禿げ頭の四十男だが、其角がくどけば女は必ず落ちる。そういう自信があった。

その芸者の脇で、小柄な太鼓持ちが場を盛り上げている。

文左衛門は其角を見るなり、座り直して、頭を下げた。

「やけに早かったな」

いつもは忙しくて、約束をしていても到着が遅くなる。

「たまたま、この前に会う約束がなくなりまして。ここにも半刻《はんとき》（約一時間）くらい前に着いて、お先にやらせて頂いている次第で」

文左衛門は徳利を持ち上げた。

よく見ると、顔がほんのりと赤い。

酒には強いはずなのに、どことなく目も虚《うつ》ろであった。

「この間よりも弱くなったか」

「いえ、変わりませんよ」

文左衛門は一蹴して、

「それに、この間って、まだひと月も経《た》っていないじゃありませんか」

「わからねえ。おまえさんは人の何倍も早く生きているからな」

「どういうことです？」

文左衛門が笑いながら、酒を呑む。いつもなら、少しずつ呑むのに、今日はやけにぐいと呑む。

「おい、もっとゆっくり呑んだ方がいいんじゃねえか」

「喉が渇いて仕方ないんです」

「なら、水を飲めばいいじゃねえか」

「でも、この酒は口当たりがよくて、しつこくないので、水のようで」

そう言いながら、もう一杯注いでもらった酒まで呑み干す。

「先生も」

文左衛門は其角にも勧めてきた。

若い芸者が其角の脇に来て酌をした。

其角は酒を舐《な》めた。

文左衛門の言うように、軽く呑める。

「なにか変だな」

其角は口を離して、徳利の中を見た。澄んだ酒が、其角の手の微かな揺れで、ほんの小さな波を立てる。酒の表面に、其角の歪《ゆが》んだ顔が映った。

「この味はおかしい」

其角はぴしゃりと言った。

「なに、仰るんです」

文左衛門は笑い飛ばしながら、震える手で酒を口に運ぼうとする。

「おい」

其角は文左衛門の手を叩いた。

猪口《ちょこ》が落ちた。酒が畳に沁《し》み込んだ。

「なになさるんです？」

文左衛門は甲高い声を出して、目を丸くする。

「手が震えているじゃねえか。それに、今日は呂律《ろれつ》が回っていねえ」

「え？」

文左衛門は自身の手に目を遣《や》る。

「俺もどうやら、少し痺《しび》れが」

其角は唇が僅《わず》かにひりつくのを感じた。文左衛門の唇は腫れていた。

「毒かもしれねえ」

其角は言った。以前、山菜採りをしたときに、道端のきのこを口にして、似たようなことが起きた。すぐに吐き出したから大事には至らなかったが、その類《たぐい》のきのこは毒薬として使われることがあると言われた。

「ちょっと」

文左衛門は帯に引っ掻《か》けていた腰の印籠《いんろう》を取り出そうとした。しかし、うまく手が動かないのか、まごついていた。

若い芸者はぎょっとした顔をするだけで、手伝おうとしない。

年増の芸者が、文左衛門を手伝う。

「旦那さま、どうなさりますか」

「ここに解毒の薬がある。多めにあるから、先生にも」

文左衛門が口を動かすのも、億劫《おっくう》そうに言う。目がさっきよりも虚ろになっている。

年増の芸者は印籠を開けると、文左衛門にどの薬かきいて、そのひとつを其角に持ってきた。

「すまねえ」

まだ文左衛門ほど、毒が回っていない其角は薬を服用した。

文左衛門は重たそうな声で、

「ちょっと、横にならせてください」

と、言った。

太鼓持ちが座布団をいくつか重ねて、文左衛門がもたれかかれるようにした。

「先生は横にならなくても？」

その太鼓持ちがきく。

「ああ、平気だ。それより、番頭を呼んできてくれ」

其角は言った。

太鼓持ちが座敷を出て、それほど経たないうちに、番頭を連れて来た。番頭は土間で出迎えたときとは打って変わって、血の気が引いている。

「大変申し訳ございません」

番頭が畳に額をこすりつけるように土下座をした。

「この酒はどうした？」

其角はきく。

「いつもの酒屋で仕入れたのですが、まさか毒が入っているとは」

「酒屋で入れられたものではないかもしれねえ」

「と言いますと、手前どもが保管している蔵で」

「いや……」

其角は首を傾げ、

「他の座敷でもこんなことが？」

と、確かめる。

「いえ」

番頭が首を横にふる。

「だったら、ここに運ぶ途中か、それともここで入れられたんだな」

「え？　だって、酒を運んでいたのはうちの古参の女中で、先生もよくご存じな……」

「わかってる。あいつはそんなことをするとは思えねえが」

其角は、座敷の中を見渡した。

初見だった若い芸者の姿がない。

「あの芸者はどこだ」

其角は胸騒ぎがした。

「え、あの芸者といいますと？」

番頭がきき返す。

「さっき、水を取りに行くと言って座敷を出て行きましたが」

太鼓持ちが言う。

「呼んできてくれ」

「へい」

太鼓持ちは座敷を飛び出した。

そう掛からないうちに帰って来るなり、

「どこにも見当たりません」

と、顔を歪めて言った。

「あいつか」

其角は、やはりという思いであった。

文左衛門好みの芸者がいることが、どこか妙に思えた。

あの芸者は一体何者なのか。近頃耳にする紀文が狙われているということと、何か絡んでいるのだろうか。

「元々、大坂《おおさか》の新町《しんまち》で芸者をしていたそうですが、近頃江戸にやってきたそうでして。紀文の旦那に呼ばれたといってこの座敷に」

ずっと、其角の傍《そば》にいる芸者が口を挟む。

「どこの芸者屋だ」

「『若葉屋《わかばや》』と言っていました」

「知らねえな」

其角は聞いたことがなかった。

「そんなところ、初めて耳にしました」

太鼓持ちが言う。

「私も『若葉屋』というのは初めて聞いたのですが、この座敷に来るように言われていると言っていまして」

芸者が不満そうな口ぶりをする。

番頭も知らないと言い、

「なにかの手違いがあったんでしょう。本当に申し訳ございません」

と、再び頭を下げた。

番頭は文左衛門に目を遣る。

文左衛門は少し息苦しそうに顔をしかめながら、胸のあたりを掻いている。

「先生、すぐに岡《おか》っ引《ぴ》きの親分に」

番頭が腰を上げようとした。

「いや」

其角が制した。

番頭が首を傾げる。

「あまり大事《おおごと》にしない方がいいだろう。もし強い毒のようであれば、すぐに倒れて逝っちまうだろうから、おそらく命に別状はないだろう」

「ですが、紀文の旦那が」

「医者を呼んでくれ」

「ええ、さっき呼びに行かせたので、直《じき》に来ると……」

「そうか。とりあえず、あの芸者のことが知りたい」

其角は頼んだ。

さっきも番頭に言ったように、文左衛門を殺すつもりであったら、もっと強い毒を盛って即死させることもできたはずだ。そうしなかったのは、何か他の目的があるからに違いない。

だとすれば、これは何かの警告を意味するのだろうか。

しばらくして、医者がやって来た。

診てもらうと、其角の方は大したことはなさそうだ。文左衛門も少し苦しんでいるが、其角の見立て通り、命に関わることではなさそうだ。医者は同じものかもしれないがといって、解毒の薬をいくつか置いて、去って行った。

この様子では、芸者や太鼓持ちにいてもらっても仕方がないので帰ってもらった。『美作屋』の方で、文左衛門はこの座敷で休ませておくと言っていたが、其角は放っておけなかった。

何をするわけでもないが、文左衛門が横になっているのをただ眺めていた。文左衛門の苦しそうな顔は、時がたつに連れて落ち着いた。

其角も知らず知らずのうちに、うとうととした。

三

文左衛門と初めて会ったのは、もう十年ほど前になる。

奉公していたところを辞め、『紀伊國屋《きのくにや》』をひとりで切り盛りしていた。

あるとき、其角が芭蕉の供で、水戸徳川家の上屋敷の茶会へ行った。光圀公は身分を問わず、才能のある者を多く集めていた。その中のひとりが紀伊國屋文左衛門であった。

身なりもそれほどよくなく、店の名前も知られていない。それなのに、どうしてその会へ出席することが出来たのか不思議であった。

光圀公はただ集めただけであって、皆がどういう者なのか教えてくれることはなかった。文左衛門は一番端の席にいて、あまり見向きもされなかったが、其角だけは「こいつは何か違う」と感じ取っていた。

会が終わってから、光圀公と話す芭蕉を置いて、文左衛門に近寄った。

「お前さん、たしか『紀伊國屋』とか言ったな」

「ええ」

「紀州《きしゅう》から来たのか」

「はい」

「紀州のどこだ」

「湯浅《ゆあさ》というところです」

「熊野路《くまのじ》の喉元だな。味噌《みそ》か醬油《しょうゆ》でも売っているのか」

「いいえ」

文左衛門は首を横に振った。

其角はおやと思った。湯浅といえば、味噌や醬油で名が知られている。

古くは、禅寺の興国寺《こうこくじ》の開祖法燈円明《ほっとうえんみょう》国師が、南宋《なんそう》から伝えた嘗《なめ》味噌に漬け込んだ野菜からにじみ出す水分が芳醇な香りと味がすることに気づき、それに改良を重ねて醬油をつくったとされている。

「では、何か水産でも扱っているのか」

其角はさらにきいた。湯浅は港町でも知られている。

「いいえ、蜜柑《みかん》にございます」

文左衛門は答えた。

「蜜柑？」

其角は問い質《ただ》して、すぐに気が付いた。少し前に、江戸で蜜柑の値が異様に上がった。嵐のために、運搬することができないのが原因のようであった。

「もしや、あの騒ぎに乗じて？」

「はい」

「だが、どうやって蜜柑を運んできた？」

「嵐の中を冒してきました」

顔に似合わず、大胆なことを言う。其角は思わず笑ってしまった。

すると、文左衛門は愛嬌のある顔で、

「でも、私は蜜柑商で終わるつもりはございません。あのとき、蜜柑は確かに売れましたが、一時のもの。やはり、先生がお気づきのように、私の故郷は港町ですから、水産物を仕入れる方がいいでしょう。でも、最近、江戸を回って思ったんです」

文左衛門は意味ありげに笑った。

「なんだ？」

其角は身を乗り出してきく。

「ここでは言えません」

文左衛門がもったいぶった。

どこかに連れて行けということだ。

「女は好きか？」

其角はきいた。

「ええ、興味はあります」

「まだ女を知らねえのか」

「はい……」

文左衛門は小さく頷いた。

「なら、これからいいところに連れていってやらあ」

其角は文左衛門を連れて、吉原へ行った。

まだ其角も金があるわけでもなく、支援してくれる人もいない時期であった。ふたりは歩いた。

歩きながら、

「蜜柑で儲けただろう？」

と、其角がきいた。

「はい。でも、次の商売のために全て擲《なげう》ちました。なので、いまは手元にほとんど金がありません」

文左衛門は胸を張って言う。

その威勢に、其角はますます気に入った。

「手持ちの金がねえところは一緒だな」

其角は、にたりと笑った。

「え？　もしや、先生は私の金を当てにして、吉原へ行こうと？」

文左衛門の顔が青ざめた。

「……」

其角は何も答えず、文左衛門の顔をじっと見つめた。

「私は払えませんよ。引き返しましょう」

文左衛門が慌てて言った。

其角は真剣な顔を心がけていたが、思わず吹き出した。

「何がおかしいんです?」

「いや、ちょっとお前をからかっただけだ」

其角が文左衛門の肩を叩く。

「そうでしたか。まったく……」

文左衛門は、ほっとため息をつき、

「では、先生がお金を持っているのですね」

と、確かめてきた。

「いや、持ってねえ」

「え、じゃあ……」

「まあ、最後まで聞きやがれ。金はなくても、遊べるのがあの里の面白いところだ。もちろん、金がたんまりとあれば、遊び方は違えがな……」

其角は決め込んで言う。

「どういうことです?」

文左衛門がぽかんとして、首を傾げた。

「まあ、行けばわかる」

其角はそこでは教えなかった。

やがて、ふたりは吉原大門《おおもん》にたどり着いた。目の前で、駕籠《かご》から客が降りてきて、駕籠かきにたんまりと金を渡していた。

駕籠かきたちは深々と頭をさげた。

「ああいう遊びがしてみてえもんだな」

其角がふと呟いた。

「できますよ。私が先生にそういう思いをさせます」

文左衛門がやけに真面目に答えた。

「気持ちだけでもありがてえや」

其角が軽く返す。

「私は真剣です。絶対に、江戸で一番の商人になってみせますから」

文左衛門はやけに力強い口調で、意気込んだ。

それから、ふたりは腹ごしらえをするために、おでん屋に入った。もう今はいないが、其角が句を作ってやると、ただで食べさせてくれる店主だった。

そこで、其角と文左衛門は食べたり呑んだりしながら、

「で、お前さんは何をしようとしているんだ」

其角はきいた。

「材木です」

「材木？」

「江戸では常に普請が行われています。材木は必要でしょう」

「そうに違いねえが、すでに材木屋はある。御用商人にならなきゃ、巨万の富を築くことはできねえ」

其角は文左衛門の目をしっかりと見て言った。

「ええ」

文左衛門は自信があるように頷いた。

「まずは光圀公から近づこうってわけか」

「……」

文左衛門は答えずに、にこやかにしていた。

其角はそれ以上きかなかった。

「まあ、後々にわかることだ。さあ、行くとするか」

ふたりはおでん屋を出た。

あのときの塩辛いおでんの味は、いまだに覚えている。

ふと目が覚めた。外は暗くなっていた。いつの間にか横になっていた。ここは『美作屋』の座敷だ。隣で文左衛門が寝ている。

一体、何があったのかと思ったが、瞬時に最前の様子が脳裏に蘇《よみがえ》った。

文左衛門の息はある。

大事には至らなかった。だが、顔にまだらな赤い斑点ができていた。

「おい」

其角は文左衛門の肩を揺すった。

文左衛門は喉の奥で動物のような声を鳴らすと、重たそうな目を開けた。

「おや、先生？」

文左衛門は上半身を起こし、

「あっしは酔ってここで寝てしまったのですか」

と、きょとんとする。

「いや、毒を盛られたんだ」

「毒？」

「ほら、酒に毒薬が入っていて」

「ああ、思い出しました」

文左衛門は膝《ひざ》を叩いた。

「お前さんが解毒の薬を持っていたから、それが効いたのかもしれねえが」

其角は文左衛門を見た。

どうして、そんな薬を常備しているのか。

口に出すまでもなく、文左衛門は其角の表情で読み取ったと見えて、

「日頃から、何かあっても困らないように備えているんです。私は方々から狙われていますからな」

と、笑って答える。

「そんな悠長なことを言ってる場合じゃねえだろう」

「でも、私がこうして生きているっていうのは、八幡大菩薩《はちまんだいぼさつ》のご加護であって」

「そうじゃねえ。お前の命を狙うことが目的じゃなかったんだ」

其角は吐き捨てるように言った。

「では、どういう訳で？」

文左衛門が首を傾げる。決して、惚《とぼ》けているわけではなさそうだ。

其角はため息をつき、

「お前は時折、そういう鈍いところがあらあ。よくそれで、そんなに商売がうまく回っているな」

と、苦言を呈する。

「ですから、八幡さまの……」

文左衛門は、頑《かたく》なに譲ろうとしない。

どういう訳か八幡大菩薩を信仰していて、深川《ふかがわ》の富岡八幡宮《とみおかはちまんぐう》に納められている八幡造り、神明《しんめい》造り、春日《かすが》造りの三基の神輿《みこし》はいずれも文左衛門が寄進している。三代将軍家光《いえみつ》が長男家綱の世継ぎの祝賀をしたことに始まる深川祭りも、いまでは紀伊國屋文左衛門の支援があってのものだ。

だが、文左衛門の気持ちはどうあれ、

「お前さんがやけに気に入っていたあの若い芸者が毒を盛ったんだ」

と、其角は伝えた。

文左衛門は信じられないという具合に首を横に振る。

「そうとしか考えられねえ」

其角は言い切った。

それでも、文左衛門は聞く耳を持たない。

何度か押し問答をした後、

「どうして、あの芸者が怪しいと？」

と、文左衛門がようやく話を聞く姿勢になった。

「まず、この座敷以外では、毒の入った酒が回っていない。ということは、酒をここに運んでくる途中か、この座敷の中で毒が盛られたんだ」

其角は言った。

「そうでございますね」

文左衛門は素直に頷く。

「運んできたのは、お前さんもよく知っている最古参の女中だ」

「その女中ってことは？」

「あいつに限って……」

「でも、何者かに金を摑《つか》まされてやったのかもしれません」

文左衛門は虚空を睨む。

「だが、もうあの芸者は何者なのかがわからない。他の芸者衆も知らなかったし、なんなら聞いたことのない芸者屋の名前を出していた」

「どこの芸者屋なんですか」

「『若葉屋』というところだそうだ」

「聞いたことありません」

「おまえさんに呼ばれて座敷にやってきたそうだ」

「いえ、私は知りません。あとから入ってきたんです。はじめて見る顔でしたが、綺麗な芸者だったんでそのまま受け入れて」

「ともかく、お前さんが狙われたことは確かだ。おそらく、誰かから頼まれて毒を盛ったんだ。心当たりはあるだろう」

其角は改まった声できいた。

「わかりません」

「覚えがあるのをひとりずつ挙げていけばいい」

「そんなことしてたら、切りがありませんよ」

文左衛門は苦笑いする。

「では、単刀直入にきくが、根本中堂《こんぽんちゅうどう》のことではないのか」

「いや……」

「あれで、かなり恨みを買っているはずだ」

「では、先生はなんですか。私が不正をしたとでも？」

文左衛門が物腰は柔らかいが、警戒するようにきいてきた。

「賄賂《わいろ》を贈ったと、考えている者たちも少なくない」

其角にしては珍しく、遠まわしな言い方をした。

「そんな噂を信じてもらっては困ります。あの一件の受注は、幕府に『紀伊國屋』が最適だろうと見込んで頂いただけです。裏で見えない金のやり取りがあるはずがございません」

文左衛門は大きく首を横に振る。

「真相はどうであれ、噂に掻きたてられて、お前さんに何か警告を与えようとする者さえいるかもしれない」

「まあ、そういうこともなくはありませんが」

文左衛門が苦笑いする。

「それとも……」

これから何かの大商いが始まろうとして、それを阻止したい為に、毒を盛って警告をしたということも考えられる。其角は直接そうとは言わずに、これからどんな商いに乗り出すのか探ってみた。

しかし、文左衛門は惚けた様子で、

「時代の流れに合わせて、あとは巡り合わせで商売をするまでです。全て、八幡大菩薩さまが見守ってくださるでしょう」

と、躱《かわ》してきた。

こうなったら、いくらきいても埒《らち》が明かない。

「それより、お前さんはこれからどうする？『紀伊國屋』に戻らないとだろう？」

「はい」

「迎えに来てもらった方がいいんじゃねえか」

「いえ、店の者にこんなことが知られたら、面倒なことになります」

「だが、隠していても……」

「このように何の症状も残っていませんから、もし知られたとしても、たいしたことはなかったと切り抜けられます」

文左衛門は立ち上がり、元気だと見せつけんばかりに体を大きく動かした。

「では、私はここらで帰ります。先生は？」

「俺はもう少し残っていく」

「左様でございますか。では」

文左衛門は深々とお辞儀をしてから、座敷を出て行った。後ろ姿が、何か大きなものを抱えているように見えた。

四

一階に下りると、『美作屋』の番頭が心配そうに挨拶をしてきた。

「俺はなんともねえ。お前さんにも迷惑をかけてすまなかったな」

其角は詫びた。

「いえ、迷惑だなんて。むしろ、こちらの不手際ですから」

「文左衛門が何か抱えていなければ、こんなことにはならなかった」

「紀文の旦那は面倒なことに巻き込まれているので？」

「きっとそうだろう」

其角は言い切ってから、

「それより、あの芸者のことについてわかったことはあるか」

と、訊ねた。

「岡っ引きの権太郎《ごんたろう》親分に訴えました。親分も動いてくれることに」

「そうか。ちょっと、事が大きくなっちまったな」

「いえ、そんな危ない芸者がいるなら、今のうちに捕まえてしまったほうが……」

「そう単純な話ではなさそうだ」

「え、ええ……」

番頭も其角が言いたいことはわかったような口ぶりであった。

「あ、そうだ。親分が先生にもお話をお伺いしたいと仰っていまして」

「よし、帰りがけ寄ってみよう」

其角は『美作屋』を出て、面番所《めんばんしょ》へ向かった。

仲之町《なかのちょう》通りから見て、大門の手前右手にある瓦屋根の建物だ。

中に入ると、岡っ引きの権太郎が難しい顔をしていた。三十半ばのいかつい顔をした色の浅黒い男だ。

「親分」

其角が声をかける。

「先生、なんともありませんか」

権太郎は厳しい表情を引きずったまま、心配そうに言った。

「ああ、平気だ」

「よかった。紀文の旦那がさっき帰っていったので、話をきこうとしたら、また今度にしてくれと」

「逃げられたか」

「何やらお忙しいそうで」

「だが、何者かに狙われたんだ。普通は探索するのに、力添えくれえするもんだろう」

其角は顔をしかめた。

「先生みたいな方ばかりだとありがたいんですが」

権太郎は苦笑いする。

「お前さんだって、文左衛門が忙しいだけで話を聞かせてくれなかったと思っていないだろう？」

其角は決め付けるように言った。

「よくおわかりで」

「どう考えても、今回の件は裏がある」

「何かご存じで？」

「さっき色々と探ってみたが、うまく躱されちまった」

其角は舌打ちをした。

「そうですか。実は紀文の旦那は毒を盛られた理由も気が付いていると思うんです」

「違いねえ」

「先生もそう思われますか」

「当たり前だ。まあ、これ以上何も起こらなければいいが」

「また狙われるってことですか」

「文左衛門の動き次第ではそうだろう」

其角は文左衛門がこれから乗り出そうとしている大商いを阻止したい人物が、この件を引き起こしたのではないかという憶測を話した。

権太郎は興味深そうに頷きながら、

「だとしたら、あの芸者はその人物に指示されたってことですね」

「ああ」

「先生と紀文の旦那が今日、『美作屋』で呑むことは誰が知っていたのですか」

「そうだな……」

其角は思い出していた。

今日の約束を取り付けたのは、文左衛門からであった。十日前くらいに、『紀伊國屋』の手代《てだい》が、江戸座に誘いの文を持って来た。

月に一度はふたりで呑んでいる。

文左衛門のほうが忙しいので、必然的に、向こうから都合の良い時を報せてくる。

文を受け取った二郎兵衛も、『美作屋』で呑むことは知っている。もっとも、二郎兵衛にはなんでも話しているので知らないことはないくらいだ。

その他に、知っている者は、『美作屋』の奉公人と、芸者屋や太鼓持ち以外にはいないだろう。

其角がそのことを伝えると、

「でしたら、その中の誰かから漏れたんでしょうな」

権太郎は腕を組んだ。

「二郎兵衛ではない」

其角は真っ先に否定した。

「つい、口が滑って誰かに言ってしまうことはあるかもしれません」

「いや、あいつは誰よりも口が堅い」

「では、『紀伊國屋』のほうということも」

「どうだろうな」

其角は首を傾げた。

「ともかく、あの芸者の行方と、おふたりが『美作屋』で呑むことが、誰から漏れたのかの両方から調べてみます。芸者はまだ廓《くるわ》内にいるかもしれません」

「じゃあ、頼んだ」

その夜、其角が江戸座に帰ったのは四つ（午後十時）近かった。


二郎兵衛が起きて待っていた。毒を盛られたことを話すと、そのときの状況を岡っ引きのように、くどくどと訊ねてきた。

ひと通りを話して、文左衛門が次に乗り出そうとしている商いが絡んでいるのではないかという考えも伝えた。

「私事ということはありませんか」

二郎兵衛がきいた。

「なに？」

「その若い芸者が、何か恨みがあったということも考えられます」

「もしそうだとしたら、もっと強い毒を盛って殺しているだろう」

「怪しまれないように弱い毒を呑ませたということだって。現に、先生が気づかなければ、紀文の旦那は呑み続けていたでしょう」

「まあ、そうだな」

「そしたら、いくら毒が弱いといっても……」

たしかに、あのとき、自分が気づいていなかったらどうなっていたか。文左衛門は命を落としていただろうか。しかし、穿《うが》った見方をすれば、いつもよりも多く酒を呑んでいれば、誰かしらが止めるということを考えていたかもしれない。

二郎兵衛はその場を見ていないのでわからないはずだが、あの芸者からは文左衛門を殺そうという殺気は見受けられなかった。

「ともかく、岡っ引きに任せるしかねえからな」

其角は歯がゆい気持ちで言った。

「先生」

二郎兵衛が改まった声で呼びかける。

其角は「またか」と舌打ちをした。変なことに巻き込まれると困るから、首を突っ込むことだけは止《や》めてくれと、二郎兵衛は言いたいのだ。

「ところで、何も変わったことはなかったか」

其角は強引に話題を変えた。そうでもしないと、延々と注意される。

「森川許六さまがお越しになりました」

「なに、森川さまが」

「ええ、昼間の法事のとき、言い忘れたことがあるということでした。先生がいないとわかると、また訪ねてくると帰って行きました」

「それは悪いことをしたな……」

「先生の明日の予定は特にないと伝えておいたので、またお越しになるでしょう」

二郎兵衛は告げた。

翌朝、許六が訪ねてきた。

其角は昨夜の不在を詫び、

「なにやら、言い忘れていたことがあるのですか」

と、訊ねた。

許六は小さく頷き、

「紀伊國屋さんのことです」

と、言った。

「文左衛門の？」

其角は思わず廊下に聞こえるほどの声を出した。

昨日の昼間に言い忘れたことなので、毒が盛られたことではないだろうが、偶然にもその名が出てきたので驚いた。あえて、昨晩のことは言わずに、「あいつがどうされましたか」と、促した。

「これはほんの噂でしかなく、先生ならご存じかもしれないと思いまして」

許六は前置きをする。

其角は重大な話をするのではないかと、心構えをした。

「昨年、紀伊國屋さんが投獄されていたとか」

許六は重たい声で言う。

「あいつが、ですか」

驚いてきき返す。

「噂でしかありませんが」

「どなたがそんな噂を？」

「我が殿にございます」

それならば、ただの噂ではない。

「私は聞いたことがありませんが、井伊さまが仰るのであれば、それなりの根拠はあるのでしょう」

其角は首を傾げた。

「我が殿は、林大学頭《はやしだいがくのかみ》さまから聞いたそうです」

学問の奨励によって人心を治めていく文治政治を推奨した人物である。

「その林さまはどういうわけで……」

「それが、我が殿がきいても濁されるばかりだそうです。先生なら何か知っているのではないかと思ったのですが」

「申し訳ございません」

其角は首を横に振った。

「いえ、こちらこそ、つまらぬことで」

「井伊さまが探らせているということは、文左衛門投獄の背景に、何か大きなことがあると踏んでいるのですな」

其角は目を鋭く光らせた。

「はい」

許六は短く答えた。

「実は、文左衛門は昨晩、毒を盛られまして……」

其角は昨晩のことを話した。許六は前のめりになって聞いていた。

「いまのことを踏まえると、もしや去年投獄されたことも関与しているのかもしれませんな」

其角は付け加えた。

「紀伊國屋さんのことを悪く言うつもりはございませんが、根本中堂の建立《こんりゅう》以降、紀伊國屋さんが幕府の普請の用材を請け負ったというのは聞いたことがありません」

許六が意味ありげに言う。

「柳沢さまと不仲であると？」

其角はきき返した。

「そうではないと思います。むしろ、投獄されたのに、すぐに出てきて、なんともないように商売を始めたのであれば、柳沢さまがうまく立ち回ってくれたのでしょう」

「では、投獄されたのは、柳沢さまとは違う派閥が……」

「おそらくは」

許六が考えるようにして言った。

其角は、はっとした。

もしかしたら、柳沢と対立する派閥との間の争いに、文左衛門も巻き込まれているのではないか。

柳沢にとって、文左衛門は財布である。

金の出所を絶てば、柳沢の権力を失墜させることができると考えてもおかしくはない。

「森川さま」

「なんでしょう」

「井伊さまにお会いすることはできますか」

「はい。上屋敷に行ったら、すぐにでも進言しておきましょう」

「恐れ入ります」

其角は頭を下げた。

それから、許六は文左衛門の一件の探索に協力すると言い残して、帰って行った。

次の日。

江戸座に近松門左衛門がやって来るなり、

「紀文さんが襲われたそうやな」

と、上方の訛《なま》りで言った。

近松はなにかと多くの情報源を持っており、些細なことでもよく知っている。文のやり取りでも、江戸でこんなことがあったそうだが、実際のところはどうなのかと、細かくきいてくる。

「誰からきいた？」

普段は詮索しないが、訝《いぶか》しむようにきいた。

近松はそんな其角の様子に少し戸惑いながらも、

「風の噂で」

と、答えた。

「俺に知られたくない人物なのか」

「違いまんがな。紀文さんがよく出入りするところからの話や」

「吉原か」

「そんなところや」

近松は濁すように言う。

「命に別状はないようだが、吉原で別れてから、どうなったのかわからん」

「そうでっか。あの方も随分と派手やから、何かと憎まれているんやろうな」

「まあ、お前さんも承知の通りだ」

其角は低く笑って返した。

文左衛門と近松の間柄は、そこまで親しいわけではない。

おそらく、ふたりでは会ったことはないのではないか。いつも、其角を含めたときに、会っている。

そもそも、近松はそれほど文左衛門に興味を持っていないようであった。

江戸には博打《ばくち》のように財産を擲って商売をする紀伊國屋文左衛門や奈良屋茂左衛《ならやもざえ》門《もん》のような商人がいるが、わしはああいう方々は嫌いではないが、どうも付き合いにくいと苦言を呈していたこともあった。

其角は金銭を大切にしていないのではなく、稼いだ金には人の怨念がこもっているから、後腐れなく湯水のように遣うことで風通しがよくなり、これからの商いに精が出ると考えているのだろうと答えたこともあった。

ただ、近松も金には無頓着というわけではなく、方々に金銭の支援をしてくれる者たちがいるようだが、それが誰なのかはいくら親しくても口にしない。

其角が上方に住んでいたなら方々での噂でわかるのだろうが、江戸住まいでは、たとえ耳にしたとしても、上方の商人の事情は全く無知に等しい。

「文左衛門の件で、なにか物語をつくるつもりか」

其角はきいた。

「色恋の末に毒殺されるならまだしも、商いのことで恨みを買ったいうんやったら……」

近松は苦笑いする。

「まだそうと決まったわけではねえが」

「毒を盛ったいう芸者と、なんら深い関係はあらへんかったんでしょ？」

「初めて会った間柄だ」

「せやったら、裏にいるのは商売仇でしょうな。こういうのは、井原西鶴《いはらさいかく》先生が好きそうな話や」

近松は皮肉っぽく言う。

西鶴はもう八年前に死んでいる。上方の文人として、近松と並び称され、近松も意識をしているだろう。

「商売仇いえば、奈良茂さんちゅうことも考えられへんか」

近松がぽつりと言った。

奈良茂こと、奈良屋茂左衛門も、文左衛門と同じく材木商として名を成している。近松にとっての井原西鶴が、文左衛門にとっての奈良茂ということだろう。

「奈良茂か……」

其角は首を捻《ひね》った。

「考えられへんか？　寛永寺《かんえいじ》の根本中堂かて、ほんまは『奈良屋』が請け負うはずやったのに、急に『紀伊國屋』になったたっちゅうやないか」

近松が煽《あお》るように言う。

「初めて聞いた」

其角は一蹴する。

もしかしたら、誰かがそんなようなことを言っていた気もする。

ただ、文左衛門は物腰が柔らかくても、男気を大事にするので、幕臣に賄賂をおくることはあっても、横取りまではしないはずだ。

少なくとも、其角の前では、そのようなずるい一面を見せたことはない。

「せやかて、奈良茂さんと紀文さんは何かと対立しているやろ」

近松は多くを知っているかのように言った。実際、上方にもその噂は届いているだろうし、文の中にも、奈良茂の名前が出てきたことがあった。

思い出せるだけでも二度あった。

ひとつは、奈良茂が吉原、山谷《さんや》、田町《たまち》の蕎麦屋の蕎麦を全て買い占めたという話だ。これは、何者かが吉原で起こったことをまとめた雑記に載っていたそうで、それを読んだ近松が本当にそういうことがあったのか訊ねてきた。実際に見ていないのでなんとも言えないが、幇間《ほうかん》の桜川由次郎《さくらがわよしじろう》が裏付けを取っているので、本当なのだろう。

もう一つは、睡眠料に三十両を払ったという話だ。奈良茂が吉原で遊んでいるときに急に睡魔に襲われたので、一緒にいた幇間の二朱判吉兵衛《にしゅばんきちべえ》に少し眠りたいと言ったところ、吉兵衛はそれを認めなかった。十両やるから眠らせてくれと言っても吉兵衛は断り、二十両でも駄目で、三十両で手打ちにしたという逸話である。二朱判吉兵衛は幇間でありながら、森田座《もりたざ》の役者であり、中村《なかむら》吉兵衛の役者名を持つ。

近松は坂田藤十郎からその話を聞き、事の真相を其角に文で訊ねてきたわけだった。

これらは全て、文左衛門が散財しているのに対抗していると踏んでいるようであった。だが、其角はそのように考えず、もともと、金を派手に遣うのが好きなんだろうと感じていた。

疑い深い近松に、

「お前さんはすぐに因縁をつけたがる」

と、其角は冗談めかして言った。

「そうですやろか」

近松はどこか納得のいかない表情で首を傾げた。

「文左衛門が毒を盛られたことから物語を作り出そうとしているのか」

其角はきいた。

「いえ、本題は違《ちや》いまんがな。今度、紀文さんも含めて、藤十郎と呑もうやないかっちゅう話や」

「あいつは、毒を盛られたことで懲りて、すぐに出てくるかわからねえぞ」

「あの嵐ん中を船で江戸までやって来た男やから、そんくらいで恐れをなすことはないやろ」

「まあ、恐れ知らずのところはあるが……」

「ともかく、誘っておいてくれへんか」

「ああ。ちょうど、後で様子を見に行こうと思っていたところだ。よかったら、お前さんも一緒に来るか」

「これから用事があるんや」

「忙しい奴だな」

「普段は暇しとる。こんなんは江戸に来たときくらいや」

近松は笑い、

「また決まったら頼みまっせ」

と、帰って行った。

近松がいなくなり、其角は身支度を整えた。

その途中で二郎兵衛が部屋までやってきて、

「近松先生は文でやり取りされているよりも、随分と陽気な方でございますね」

と、言った。

「そそっかしいところがある。だが、物事を思慮深く考えている一面もあって、よくわからん男だ」

「あれくらいのやり取りだったら、遣いに言付《ことづ》けをすればよかったと思いますが」

「なんだかんだ、文左衛門のことが気にかかっていたんだろう」

「そうですかね。何か探るようにも感じましたが……」

「お前は考え過ぎだ。あいつが文左衛門を探ったところで何になる」

「そうですが……」

二郎兵衛は深い目つきになった。

「じゃあ、留守を頼んだ」

其角は歩いて八丁堀《はっちょうぼり》の『紀伊國屋』へ向かった。

五

『紀伊國屋』までは、歩いてすぐにたどり着いた。

店の正面には、もう夕方になろうというのに、大勢の商人が列をなしていた。いくら江戸で一、二を争う大店《おおだな》だからといって、普段このように行列をなすことはない。

すでに、文左衛門が毒を盛られたことが周知されているのだろう。

裏から回ったところで、文左衛門は見舞い客の対応に追われて、易々《やすやす》と会えないだろう。

今日は諦めて帰ろうと踵《きびす》を返したとき、

「其角先生」

と、高く通る声で呼び掛けられた。

奈良茂だった。

隣には、厳《いか》つい顔つきで背の高いがっちりとした体格の三十くらいの浪人風の男が控えていた。ひやりとするほど、どこか暗い陰のある面持ちであった。

おそらく、用心棒だろう。

「ここのところ、全くお見かけしていないので、どうしたのだろうと思っていたところでございますよ」

奈良茂は、にんまりと笑いながら言う。

文左衛門といい、奈良茂といい、其角の苦手ないかにも愛想の良さそうな笑顔を向けてくる。

なんともいえない身震いのする微笑《ほほえ》みだ。

まさか、奈良茂が文左衛門の見舞いに来たのかと驚いていると、

「先生も大変でございましたな」

奈良茂は急に労《いたわ》るように顔をわざとらしく改めた。

「なにがだ」

「一昨日のことですよ。『美作屋』で」

「やはり、お前さんの耳にも入っているんだな」

あのことが周囲に知られたとしても、其角には何の害も被ることはない。強いていえば、紀文が絡んでいるので、根も葉もないことを噂されて、いちいち説明しなければならないくらいだ。

「意外に思われるかもしれませんが、紀文さんの見舞いに来たんです」

奈良茂は変わらない愛想の良さそうな笑顔で言った。

「いってえ、なにを企んでいやがる」

其角は思わず口が滑った。近松が考えているように奈良茂が裏にいて、若い芸者に毒を盛らせたということはないはずだ。しかし、たいして親しくもなく、近松以外にも奈良茂を疑う者がいる中で、わざわざこれ見よがしに見舞いに来る神経がわからなかった。

「ただただ、紀文さんが心配なだけでございます」

「どうも怪しい」

「まさか、先生まで変な噂を信じているわけではないでしょうね」

「変な噂？」

「お惚けにならなくてもようございますよ」

奈良茂は柔らかい口調で言う。

「お前さんが黒幕だってえ、くだらん噂か」

「おや」

奈良茂は意外そうな顔をした。

「本当に、そういうお気持ちで？」

さらに、きいてきた。

「当たり前だ」

其角は吐き捨てるように言った。

「どうして、そうお思いなので？」

隣にいた用心棒がきいてきた。

急に話に割り込んできたので訝しく思うと、

「これはご紹介が遅れました。こちらは新しく用心棒として働いてもらっています高田《たかだ》どのです」

奈良茂が用心棒を立てるように言った。

「ご無沙汰しております」

高田が頭を下げた。

「大変失礼でございますが、どこかでお会いしたことが？」

其角は訊ねた。

「赤穂浅野家に仕えていた高田郡兵衛《ぐんべえ》にございます」

「えっ、あの高田さまでしたか」

あまり関わりがなかったが、同じく元赤穂藩士の堀部安兵衛の縁で何度か会ったことがある。

刃傷があり、主君が切腹した後、高田は堀部らと少数で主君の仇である吉良上野介を暗殺しようとしたが、吉良は警戒してか警固の者が多く断念したようだった。当人らはそのことを否定するが、其角はたまたま堀部が吉良の後を尾《つ》けているところを目撃している。

まだ数ヶ月前のことだが、そのときの高田は月代《さかやき》や髭《ひげ》も剃っておらず、無骨に見え、いまとは雰囲気が全く違っていた。

「話を戻しますが、先生はどうして世間の噂をくだらぬものと見切っておるのでしようや」

高田は丁寧な態度ながらも、探るような様子であった。

「そもそも、奈良茂が文左衛門を殺す理由がありません。もし、その気であれば、とっくの昔に殺しているはずです。奈良茂の腹のうちはわかりませんが、そんなに浅はかなことを考えるとも思えません」

其角は答えた。

奈良茂は苦笑いしながら聞いて、「腹のうちがわからないとは酷い言い様ですな」と冗談めかして言いながらも、「先生のように、ちゃんとわかってくださる方が多ければよろしいのですが」と、こめかみを掻いた。

「言わせたい奴には言わせておけばいいじゃねえか。お前さんも、文左衛門と同じで面の顔が厚いんだから、何を言われたって痛くも痒《かゆ》くもねえだろう」

「さすが、先生。ご明察」

奈良茂が褒《ほ》めた。

「あからさまな」

其角は口元を歪め、

「だが、お前さんは世間の評判を覆そうとわざわざやって来たわけではないだろう？」

と、決め込んだ。

「ですので、ただのお見舞いにございます」

「商人の言うことは信じられねえな」

其角は一蹴する。

そして、ふと頭に浮かんだことを口走った。

「そうか、文左衛門がなぜ襲われたのかを探りに来たんだな」

「いえ、何度きかれても同じことですよ」

奈良茂は、ずっとにこやかなまま答える。この男は、本当に何度きいても本心は明かさないだろう。

横目で、高田が其角のことを見極めるような目つきで見ているのが気になったが、あえて気が付かない振りをした。

「ともかく、こんなんじゃ、文左衛門と会えるまで大層待たなきゃならねえ。俺はまた来ることにする」

其角は奈良茂に伝え、高田に顔を向けた。

「また今度、堀部さまも交えて、江戸座に遊びにいらしてください」

「恐れ入ります」

「近頃、堀部さまとはお会いになりましたか」

「ええ。江戸を発《た》つ前に」

「いまどちらにお出かけで？」

「京に新たな仕官先を探しに行っているそうでございます」

「新たな仕官先を……」

其角は思わず首を傾げた。

あの義に厚い堀部が、他の主君に仕えるとは……。

どことなく、信じがたかったが、あまり顔に出さないようにして、その場を後にした。

江戸座に帰りながら、様々なことが頭の中で錯綜していた。

六

その日の夜に吉原へ行くと、大門をくぐったところで、再び奈良茂と出くわした。このときは、高田の姿はなかった。代わりに、二朱判吉兵衛や三味線小四郎《こしろう》などの其角もよく知っている取り巻きがいた。

「またお会いしましたな」

奈良茂は強欲そうな目で、わざとらしく言う。

「よく俺が今日、吉原に来ることがわかったな」

「いえ、狙ったわけではありません。偶々《たまたま》です」

往来が激しくなった。其角だ、奈良茂だと、遊び客たちに気づかれ始めたので、ふたりだけで溝《どぶ》沿いの人通りの少ない羅生門河岸《らしょうもんがし》へ移った。

ここには、年をとったり、病気になって売れなくなった遊女たちが多く勤めている。そのため、金がなくても遊んでやろうという貪欲《どんよく》な者か、酔っぱらって迷い込んできた者、もしくは売れない遊女を見て、小馬鹿にして帰る質《たち》の悪い客しか来ることもない。

遊女たちも、客が少ないので、店の前を通った男たちを摑まえて、無理やり店に引っ張り込んで金を巻き上げることもある。

其角も若いころには、何度かそんな思いもしたが、今となっては其角のことを知らぬ者はおらず、また奈良茂という吉原にとって欠かせない大尽《だいじん》もいるので、いくら見栄や恐れのない遊女たちも、ふたりに声をかけてくることはなかった。もし、下手なことをすれば、吉原にいられなくなるとわかっているのだ。

人気《ひとけ》がなくなると、

「さっきは、文左衛門に会えたのか」

其角はきいた。

「ええ、あれから半刻（約一時間）ばかりは待ちましたけど」

「あいつも驚いていただろう」

「それは、喜んでくださいまして」

「喜んだ？」

「はい。商売仇と申しましても、盟友のようなものですから」

奈良茂は芝居がかったように、遠い目をする。

「お前さんと話をしていると疲れてたまらねえ」

奈良茂と文左衛門、どちらも同じような性格であるが、奈良茂の方が計算高く、なんでもそつなくこなす。一方で、文左衛門は豪快で、後先を考えることがないので、一緒にいて楽しかった。

「それで、文左衛門のことは何かわかったか」

其角はきいた。

「おや、先生も紀文さんのことで探ろうと思っていたので？」

「そういうわけじゃねえが、あいつがなぜ狙われたかの手掛かりになるかもしれねえからな」

「それを探るっていうんですよ」

「口が減らねえ奴だ」

「舌先三寸で稼がせて頂いておりますので」

奈良茂はいたずらっぽく言う。

「あいつが新たな商いに取り組むって話はねえのか」

其角は単刀直入にきく。

「やはり、先生も私と同じことをお考えで」

奈良茂は妙に納得したように、小さく何度も頷いた。

それから、急に真剣な目つきになって、

「長崎《ながさき》の件かもしれませんな」

と、声を絞った。

「長崎だと？」

其角は首を傾げてきいた。

「ご存じではございませんか？」

「どんなことだ」

「いえ、もしかしたらということですので」

其角が知らないとわかると、奈良茂は急に話を逸《そ》らそうとした。

「そこまで言ったんだ。逃げることはねえだろう」

「てっきり、知っているものだとばかり」

「教えろ」

其角は迫る。

「では、先生も何か知っていることがあれば教えてください。私ばかりが話すのでは、割に合いませんから」

奈良茂が促してきた。

さすが、駆け引きがうまいと思うと同時に、文左衛門にはこのようなところがないので、よく付き合っていられるのだと改めて思った。

「若い芸者に毒を盛られたといいましたね。どこの芸者だったかおわかりですか」

「おそらく、芸者ではない。ありもしない芸者屋の名前を騙《かた》って、勝手に入ってきたんだ。それで、文左衛門の傍にぴたりとくっついて、酌をしていやがった」

「その芸者というのが、紀文さんのいかにも好みだという？」

「ああ」

「ということは、紀文さんの好みを知っている者、つまり吉原で一緒に遊んだことのある者、もしくは身近な者が絡んでいるのでしょうね」

奈良茂が鋭く言う。

「たしかにな」

其角は頷き、

「で、長崎っていうのはなんだ」

と、きいた。

「もう少し教えてください。岡っ引きはなんと言っていましたか」

「あれから会ってねえからわからん」

「でも、これからどういう探索をするだとか」

「まあ、芸者のことを調べるのと、あの日、紀文が『美作屋』で呑むことをどうして知っていたのかを調べると言っていた」

「ということは、『美作屋』の誰かが黒幕と繋がっていて、呑むことを教えたとも考えられるのですかな」

「俺はそうは思えねえ」

其角は即座に否定した。

「どうしてです？」

「お前さんは『美作屋』に行ったことは？」

「片手で済む程度ですが」

「ならわからねえだろうが、あの店は番頭だろうと女中だろうと、生半可《なまはんか》な者はいねえ。信頼がおけるから、俺も文左衛門も贔屓にしているんだ」

「ですが、『美作屋』に出入りしている酒屋なども考えられませんか？　まあ、そういうことは岡っ引きが全部調べているでしょうが」

「もう長崎のことを話せ」

其角は痺れを切らした。

「これは内密にお願いしますよ」

「ああ」

「絶対に、漏らさないでくださいませよ」

「しつけえな」

其角は舌打ちをする。

奈良茂は咳払いしてから、

「実は、長崎の貿易にまで手を出そうとしているそうで。亜鉛の輸入を行おうとしているのだとか」

「どこから聞いた」

「それはいくら先生であっても、申し上げられません」

奈良茂はきっぱりと言った。

この男も、文左衛門と同様に、幕府で権力のある者と繋がっているはずだ。それで多くの普請造営を回してもらい、暴利を得ているのだ。

「長崎にまで手を出すとなれば、黒幕は江戸の商人ばかりではねえと言いたいんだな」

其角は切り込む。

「その通りでございます。もしかしたら、商人とも限らないかと」

「どういうことだ」

「長崎奉行《ぶぎょう》でございますよ。あの者らは、相当な賄賂をもらっているはずですが、紀文さんが長崎に入ってくれば、今まで長崎で仕事をしていた他の商家が追い出されるか、収益が減ることになる。それを嫌って、長崎奉行やそのあたりが排斥しようとするのではないかとも思ったのですが」

考えられない話ではなかった。

奈良茂にどれほどの証があるのかわからないが、だいぶ自信を持って言っている。

さらに、何か知っていそうであったが、

「先生は他にどんなことをご存じで？」

と、振ってきた。

「それ以上は……」

一瞬、文左衛門が昨年に投獄されていたという噂が脳裏に浮かんだ。

言おうか迷っていると、奈良茂は「教えてください」と頼み込んできた。長崎のことを教えてもらったので、これくらいは仕方なかろうと、「文左衛門が昨年、投獄されていたという噂を耳にしてな」と、許六から聞いたことは伏せて喋《しゃべ》った。

「私もその噂は耳にしましたが、まさかと思って、疑いもしませんでした。それは本当なので？」

奈良茂が身を乗り出してきいてくる。

「おそらく」

「柳沢さまがいながら……」

奈良茂は語尾を伸ばし、

「もしや、柳沢さまと紀文さんの仲がうまくいっていないのか」

と、独り言のように言った。

心なしか、奈良茂の目の奥が鈍く光った。

「お前さん、文左衛門の代わりに柳沢さまに取り入ろうって考えじゃ……」

「まさか」

奈良茂はすぐさま否定したが、まんざらでもなさそうな顔をしている。

すぐに、教えるのではなかったと悔いた。

「その投獄されていたというのが、今回の毒に繋がっているとお思いですか」

「おそらくな」

其角は低い声で答える。

「それに、長崎を絡めるとなると……」

奈良茂の頭の中まではさすがに読めない。きっと、其角よりも多くの情報を持っていて、まだ話していないこともありそうだ。

「だが、お前さんが黒幕じゃねえって証はなんだ」

「え？ 急になにを」

其角は唐突にきいた。

「なにか、あるのか」

「先生だって、先ほど、私が紀文さんを殺す理由がないと仰っていたじゃありませんか」

「まだ色々と知らなかったからだ。だが、長崎の貿易の件だけでも、お前さんがそれを邪魔しようと……」

「嫌ですね、先生。私が貿易に関わることなどありませんよ。調べて頂ければすぐにわかりますよ」

「そうか」

「まさか、いまになって、私が黒幕ではないかと思いはじめているんじゃ？」

「いや、ちょっときいてみたまでだ」

それは本当であった。

ただ、奈良茂がここまで文左衛門のことを探っているのは、何が目的なのか、はっきりさせたいところであった。

それに加えて、高田郡兵衛のことも気にかかる。

どういう経緯《いきさつ》で、『奈良屋』の用心棒になったのか訊ねてみた。すると、奈良茂はさっきの真剣な顔から、いつもの穏やかな顔になり、「私もこの頃は枕を高くして眠れないことがありますので、剣の腕が立つ方が傍にいてくれればと思っていました。それで、ちょうどあのような騒ぎがあって、赤穂の方々が路頭に迷っていましたから、堀部さまや高田さまのような名の知れた方に声をかけてみました」と、答える。

「高田さまもよく承諾したな」

其角は不思議に思った。

「とりあえず、年内までは用心棒を請け負ってもらいました。といいますのも、もしかしたら、他に仕官先があるかもしれませんので、それまでの繋ぎとして考えているようです」

「お前さんはそれでもよいのか」

「まあ、仕方ありません。また高田さまの仕官が決まった折りには、他の方を探します。しかし、高田さまという名の知れた方がいてくださるだけで安心できるというものです」

奈良茂は笑顔で答えた。

「その口ぶりだと、お前さんも誰かから狙われているのか」

「さあ、はっきりはしませんが……」

「そのようなことがあったんだな」

「私の勘違いかもしれませんがね」

奈良茂は、はっきりとしない。

さらに続けて、

「もしかしたら、紀文さんと私を警戒している何者かがいるかもしれません。なので、私も紀文さんとは密に連絡を取り合って、見えない敵から身を守らなきゃならないんです」

と、尤《もつと》もらしいことを言った。

そのとき、二朱判吉兵衛がやってきて、

「旦那、まだかかりそうですか」

と、退屈そうな声をかけてきた。

「いや、すぐに行く」

奈良茂は返事をした。

それから、其角に顔を向け直して、

「先生。また何かあったら教えてくださいませ。私も出来る限り、先生にお話ししますので」

と、去って行った。

其角も揚屋の『美作屋』に向かった。今夜は、『美作屋』に揚がり、そこから馴《な》染《じ》みの太夫《たゆう》を呼び、それから太夫といっしょに妓楼《ぎろう》に行くのだ。
其角は鼻の下を伸ばしていた。

第二章　脅し

一

　翌朝、烏《からす》がうるさく鳴いていた。「もうお出かけになるので」と馴染みの太夫を振り切りながら、其角は迎えにきた揚屋の番頭といっしょに見世《みせ》を出て、いったん『美作屋』に戻った。まだ早いからか吉原の通りはひとの姿はなく静まり返っている。

『美作屋』で朝飯を食い、其角は引き上げた。

仲之町通りに面する見世の二階の窓から、客がこちらを覗《のぞ》いていたが、其角が見上げるとすぐに顔を引っ込めた。穏やかな明け方の吉原の風景で一句つくりながら、面番所に赴いた。

中に入ると、眠そうな顔の権太郎が控えていた。

「先生、これは」

権太郎は目を一度こすってから、頭を下げた。

「どうだ、なにかわかったか」

其角は唐突にきいた。

「へい。ぼちぼちと」

権太郎は咳払いをしてから話し始めた。

「芸者はまだ捕らえられていませんが、怪しい人物はわかりました。先月まで、浅《あさ》草《くさ》の並木《なみき》で茶汲み女をしていた橋場《はしば》に住むお静《しず》という者です」

「その女に間違いがないのか」

「八割方、正しいかと」

権太郎はその根拠として、毒を盛った芸者の容姿と似ていたのは当然のことながら、お静が働いていた水茶屋を辞めたこと、またそこの主人に十五両の借金を返したこと、あと暮らしていた橋場の長屋を引き払ったことを挙げた。

また、お静と見られる女が田原町《たわらまち》の古着屋で、芸者が着そうなきらびやかな着物と帯を買い、同じ日に小間物屋《こまものや》で白粉《おしろい》、口紅、簪《かんざし》、櫛《くし》、笄《こうがい》を手に入れているのがわかったそうだ。

「お静以外に、このような怪しい動きをしている者は今のところ見つかっていませんを」

権太郎はさらに続ける。

「お静は元は日本橋駿河町《にほんばしするがちょう》の商家の生まれで、幼い頃に踊りや唄や三味線などを嗜《たしな》んでいたそうです。店が人手に渡ったあとは長屋暮らしに落ちて……」

踊りや三味線の素養があれば、万が一、芸を強いられたとしても疑われずに済む。

「ないとは思うが、お静が文左衛門に恨みがあったということは？」

「紀文さんは知らないと言っていますし、番頭や手代など『紀伊國屋』の方々にもきいて回りましたが、お静という女は知らないとのことです」

「じゃあ、ふたりはあのときに初めて会ったんだな」

「そうだと思います」

権太郎は強く頷いた。

「にしても、お静というのは、文左衛門が好きな顔そのものだ」

其角は感心するように言う。

「おそらく、この件の黒幕がよほど紀文の旦那の女の好みを調べたのでしょう。これはこのことと関わりがあるかどうかわかりませんが、江戸の至るところで儲かる仕事があるからと綺麗な女に声をかけている男がいるらしいんです」

「その男ってえのは？」

「まだわかりませんが、どこか上方の訛りがあったようで、江戸の者ではないかもしれません」

「だが、そいつが黒幕ってわけではねえだろうな」

其角は権太郎の顔を見た。

「ええ、そいつも黒幕に使われているだけだと思います」

「まあ、その男も随分とちょうどいい相手を見つけたもんだな」

「だいぶ苦労したでしょうね」

権太郎は考え込むように、眉間《みけん》に皺《しわ》を寄せた。

「わかったのは、それだけか」

其角はきいた。

「あと、毒についてです。まだ毒をどこでいれたかわかりませんが、どうやら異国の草花から採ったものかもしれません」

「異国の？」

「毒の回り方から調べてみると、茄参《かさん》という草花かもしれないそうで」

権太郎は茄参が切支丹《キリシタン》の信仰する聖書にも出てきて、根っこを引き抜くと植物が悲鳴を上げ、その声を聞いたものは命を落とすことになるという逸話を話した。

「もっとも、そんなのは子ども騙《だま》しみたいなもので、悲鳴など上げないそうですが、異国では茄参の毒で痺れさせている間に敵をやっつけるということもあったそうで」

「もしその草花の毒だとしたら、黒幕は異国との繋がりを持っているかもしれねえな」

其角は、ぽつりと言った。

「確かに、そうとも考えられますね」

権太郎は大きく頷いた。

「他になにがあるんだ」

「出島《でじま》で仕入れたと思ったのですが」

「だが、出島でもそんな毒など買えるのか」

「まあ、毒として以外に使い道がないようですので、考えにくいかもしれませんね」

奈良茂が言っていた文左衛門が長崎の貿易に乗りだそうとしているのではないかということが頭に浮かんだ。

其角は奈良茂から聞いた話をそのまま権太郎に伝えて、

「そういや、文左衛門が去年、少しの間、投獄されていたと聞いたが」

と、確かめた。

「えっ、あの話は本当だったのですか」

権太郎は目を丸くする。

「俺もどうなっているのかよくわからねえ」

「あっしの岡っ引き仲間が、いつだか酔った勢いでそんなことを言っていたんです。でも、紀文の旦那には柳沢さまという強力な後ろ盾がありますから、そんなことはなかろうと思っていたのですが」

「柳沢さまがいたからこそ、文左衛門は出てこられたんじゃねえか」

「なるほど」

「まあ、お前さんも知らねえとなると、柳沢さまの政の諍《いさか》いに文左衛門が巻き込まれたのかもしれねえな」

「考えられなくはないですね」

「お前さんに話してくれた岡っ引きに聞けばなにかわかるか」

「どうでしょう。素面《しらふ》の時に確かめたことがありましたが、覚えていないと言われてしまいまして。でも、もう一度探ってみますよ」

「ああ、頼んだ」

其角は面番所を後にした。


江戸座に帰ると、二郎兵衛から近松門左衛門が訪ねてきたことを告げられた。

「また、来やがったか」

其角は複雑な思いで言った。

本来であれば、滅多に会える相手ではないので、尽きぬ話がある。

だが、今回は何かと文左衛門のことを気にするので、あまり話したいことを話せないで終わってしまう。

もっとも、近松にとっては、何か面白い物語が頭に浮かんでいるのかもしれないが、親しくしている文左衛門が災難に遭っているだけに、どこか複雑な心境である。

「で、あいつはなんて?」

其角はきいた。

「先生に紹介してもらいたい方がいるとのことでした」

「紹介してもらいたい？」

「誰なのかきいたのですが、先生に直接お頼みするということで教えて頂けませんでした」

「警戒をしているのか」

「そんなようにも見受けられましたが」

「文左衛門を紹介しろってえのか。いや、ふたりは全く知らぬ間柄ではねえから、そんなはずはないな」

其角は独り言のように言い、

「他に誰に会いてえのだろうな」

と、呟いた。

近松にとって利益になる者……。なにか、芝居をつくるのに参考になるものだろうか。

が、そんなことを考えている場合ではないと気が付き、

「他には？」

と、きいた。

「伊達さまから十五夜の宴のご招待が届いていました。毎年のことですが、今年も大井《おおい》のお屋敷で行われるそうですが、ご参加なされますか」

「当たり前だ」

「昨年は紀文さまと行かれていましたが」

「文左衛門がまたすぐに出てくるかな」

「一応、お誘いの文をしたためておきましょうか」

「そうだな」

其角は頷いた。

その他に二郎兵衛が伝えたいことは、いくつかの大名家や商家から、句会に出席してほしいとの文が届いていたということくらいであった。

予定はすべて二郎兵衛に任せてあるので、あまり忙しくならないように、二郎兵衛の裁量で決めてくれと言いつけた。

夕方になって、彦根藩中屋敷へ向かった。

門番に「森川さまにお目通り願いたい」と言ってから四半刻（約三十分）あまりして、許六がやって来た。

屋敷の中に招かれた。

まず、だいぶ待たせたことを詫びられてから、

「実は先客がありまして」

と、告げられる。

「森川さまが江戸にいらっしゃるとなれば無理もありません」

「それが、大高源吾《おおたかげんご》どのだったのです」

「大高さまが」

其角は眉を上げた。大高は赤穂に仕えていた下級武士だが、俳人としては芭蕉門下の水間沾徳《みずませんとく》の弟子であり、才能に富んでいた。其角とも、関わりが深い人物である。ここ数ヶ月は顔を合わせていなかった。

「また、あの方がどうして」

「無沙汰をしていたので、挨拶をと」

ただの挨拶とは、素直に受け取れなかった。

「それと、奥平源八《おくだいらげんぱち》どのを紹介してほしいとのことでした」

「奥平さまといえば、あの浄瑠璃坂《じょうるりざか》の？」

「左様に」

許六は頷いた。

今から三十年あまり前に、宇都宮《うつのみや》藩の前藩主奥平忠昌《ただまさ》の法要の席で、重臣の二家でささいなことから諍いになり、一方が刃傷に及んだ。刃傷に及んだほうの家は取り潰しになり、相手方は軽い処分ですんだ。喧嘩両成敗から外れているとして、同情した藩士が四十名に及び、父親を失った奥平源八ら四十二名が父の仇討ちをした。

仇討ちが終わると、一党は出頭した。本来であれば死罪を免れないところを、大老であった井伊直澄が流罪に減刑させ、さらに六年後に恩赦を与えて、仇討ちに加わった者らを自らの彦根藩に取り立てた。

赤穂浅野家が改易させられてから五ヶ月あまり、まだ世間では赤穂の旧藩士たちが仇討ちをするのではないかとの噂が後を絶たない。

そして、大高がわざわざ浄瑠璃坂の仇討ちの首謀者である奥平を訪ねてくるのも勘繰ってしまう。

「いま大高さまは？」

其角はきいた。

「奥平どのと話をしています」

許六は答えてから、

「ただ、あまり踏み込まない方がよろしいかと」

と、躊躇するように言った。

「わかっております。それより、文左衛門のことですが……」

其角は芸者がお静という女かもしれないことや、毒は茄参という異国の草花のようだということ、また文左衛門が長崎貿易に乗り出そうとしていることも伝えた。

ただ、奈良茂がそう言っていることは告げなかったが、許六もあえて誰から聞いたのかを問うてくることはなかった。

「あと、ひとつ気になっていることがございまして」

許六が言った。

「なんでしょう」

「紀文さんが水戸さまの法事に顔を出さなかったことです。紀文さんも水戸さまとは交流がありましたし、体が優れないわけではないのに出てこなかったのがどこか気になります」

「言われてみればそうですね」

「しかし、あのようなことがあった後であれば、全てのことが疑わしく思えてくるのも仕方ないことかもしれません」

許六は自分の発言を悔いるように言った。

それから、改まった声で、

「そういえば、我が殿も其角先生に会いたがっていました。伊達公が開かれます十五夜の宴には出席するようでして、もしその折りに先生にお会いできればと」

と、告げた。

昨年は許六や井伊直興はいなかったが、参勤交代で江戸に滞在している時には必ずふたりで出席していた覚えがあった。

十五夜の宴に参加することを伝えると、

「殿も大層喜ぶでしょう」

許六は柔らかな口調で微笑んだ。


それから数日間。其角は何度か『紀伊國屋』に行った。もう見舞いの行列はなかったが、文左衛門には会えなかった。番頭が言うには、ここのところ、仕事があまりできなかったので、その分が溜まっていたのだという。

もしや、あの件以来、避けられているのではないか、とも思った。

心配になったらそのまま捨てておけない性分なので、確かめてみた。

「何を仰るのですか。旦那さまが、先生をそんな風に避けることはございませんよ」

番頭は笑い飛ばした。しかし、そのときのどこか笑っていない目が気になった。

「ほんとうか」

念押ししても、

「ええ、ご心配なさらずに」

と、番頭は当然の如く答える。

それ以上、食い下がっても無駄だ。

「また、落ち着きましたら、こちらからご連絡を差し上げます。旦那さまも先生とまた呑みたがっていました」

番頭は答える。

其角はその言葉を信じて、しばらく待つことにした。

また、その間、吉原にも足繁く通い、遊びのついでに、岡っ引きの権太郎に何か進展があったか訊ねてみた。

「お静という女には、付き合っている男がいるようです」

「その男ってえのは？」

「まだわかりませんが、背の高い、がっちりとした体格の浪人です。無精ひげを生やして、いかにも無骨な感じだったそうで。その浪人が橋場にあるお静の裏長屋によく来ていたそうです」

「関係はいつから続いているんだ」

「わかりませんが、初めて見かけたのは、四月くらいだそうです」

「お静が長屋を引き払ったのが、たしか、半月くらい前だったな」

「はい」

「その頃も、その浪人はよく来ていたのか」

「そのようです」

「浪人か」

「どこで出会ったのかを調べているのですが、働いていた並木の水茶屋ではなさそうで」

「まだわからねえんだな」

「ええ、他に見ているものがいるわけではないので……」

権太郎が困ったように答える。

「お静と親しかった奴はいねえのか」

其角はきいた。

「何人かいます。すべて当たってみましたが、その浪人の素性まではわかりませんでした」

権太郎が首を横に振る。

「お前さんはその浪人をどう見る？」

其角はきいた。

「どうって言いますと……」

「その浪人がそそのかしたか」

「いえ、そこまではまだ考えていません」

「どうしてだ」

「まだ浪人の素性が摑めていないので確かなことはいえませんが、一介の浪人が紀文の旦那を害して何になりましょう」

「だが、その浪人が文左衛門に毒を盛った黒幕に雇われていたとしたら？」

「それなら、浪人は他の方法で紀文の旦那を襲うと思います」

「なるほどな」

其角は理にかなっていると、深く頷いた。

「しかし、わかりません。その浪人が紀文の旦那を襲おうと考えていても、失敗したから、次は女を使って毒を盛ったかもしれませんね」

権太郎は急にひらめいたように語気が強くなった。

「あり得ぬ話ではねえな」

其角は答えた。

「ともかく、まだまだ調べることは多くありそうです。毒については、何人かの見識者から話を伺いましたが、やはり茄参だと思われます。そして、江戸では手に入れることはできません。オランダ商館に頼んで、本国から取り寄せてもらうという方法はありますが」

「長崎でも、やはり手に入れられないものなのか」

「いま確かめているところです。茄参は天竺《てんじく》や清《しん》の南の方でも採れるようで、清に繋がりのある商人も、手に入れられるかもしれません」

権太郎が答えた。

其角は引き続き頼むと、いくらかの銭を渡しておいた。

二

八月十五日。

中秋《ちゅうしゅう》の名月を見るのにはちょうど良い、雲ひとつない晴れ渡った空だ。そよ風が吹き、木の葉を揺らすのが、また時節を感じさせる。

品川宿《しながわじゅく》の先にある大井の仙台藩下屋敷で暮れ六つ（午後六時）より、月見の宴が催された。

参列者はいつになく豪華な顔ぶれであったが、主立った者は水戸光圀の法事とだいたい同じ顔ぶれであった。

普段の茶会や句会と違い、今宵は庭に出て、月を見ながら、雅楽を楽しみ、其角や沾徳などの俳諧師《はいかいし》が句を詠み、茶人の山田宗徧《やまだそうへん》が野点《のだて》で茶を点てる。庭や縁側や屋根には竹取物語を思わせるような飾りつけがされ、毛氈《もうせん》を敷いた縁台の上に置いた三方《さんぽう》には団子が供えられて、優雅な時を過ごしていた。

誰も世間の物々しい話題などには触れなかった。

二刻（約四時間）あまりしてから、

「まだ残って楽しんでもらって構わぬ」

と、伊達公がお開きを告げた。

半数が帰ったが、残りは庭で各々の話に花を咲かせていた。

其角は山田宗徧から声を掛けられた。宗徧は四方山話《よもやまばなし》をしてから、文左衛門のことには触れずに、意外にも吉良上野介の名前を出してきた。

宗徧は本所松坂町《ほんじよまつざかちよう》に住んでいるが、隣の空き屋敷に吉良が引っ越してくるかもしれないと告げた。

それから、今度また伊達公が茶会を開くからその時にゆっくりと、と別れた。

其角は井伊直通の姿を探していると、

「今日は紀文が来ておらぬな」

誰かの声が聞こえた。

「襲われたあとだから仕方なかろう」

他の者が答えていた。

やはり、みな文左衛門のことは気にかかるのであろうか。

ふと、其角は自分に注がれる視線が多いのに気が付いた。

居心地の悪さを感じ、再び井伊の姿を探すと、池の縁で水面《みなも》に映った月を見ながら、他の大名となにやら話している井伊が見えた。

脇には許六がいて、其角が見ているのに気が付いたらしく、こっそり井伊に耳打ちした。

井伊は其角の方を向く。

其角が近づこうとすると、

「先生」

と、伊達公が行く手を阻むように声を掛けてきた。

無視をするわけにもいかず、また話したいこともあったので、伊達公の前に立った。

其角が招いてくれた礼を言うと、いつものにこやかな様子ではなく、厳めしい顔で、伊達公は文左衛門のことをきいてきた。

「先生なら知っていると思うてな」

「あのとき、一緒に呑んでいましたが、文左衛門は寝込んでしまいましたし、その後はまだ会っていませんので、あまりよくわからないのです」

其角は周りを気にして言った。

皆が聞き耳を立てているのが痛いほどわかった。

しかし、こう答えるのも周囲を気にしてのことであって、人のいないところでと其角は目で合図をした。

伊達公は意図を汲み取ったというように軽く頷き、そそくさと下がっていった。

其角は伊達公の後をついていく。途中で井伊が待っていて、話しかけてきた。

「井伊さま、ゆっくりお話がしたいのでございますが、少し伊達公と話がございまして」

「構わね。縁側で月を見ながら待っているとしよう」

「せっかくなら、井伊さまもご一緒に如何《いかが》ですか」

「わしが？」

「伊達公も井伊さまならば」

「迷惑であろう」

「いえ、そんなことありませんよ」

其角は遠慮する井伊を半ば強引に伊達公の元へ連れて行った。

伊達公はどうして井伊がいるのだろうという顔をしていたが、嫌な様子は見受けられない。

「実は井伊さまも交えて、文左衛門のことはお話ししたいと思います」

其角は告げた。

「うむ」

伊達公は頷いた。

井伊は伊達公に頭を下げた。

「紀文が毒を盛られた話を聞いたが、それよりも気になることがある」

伊達公が言った。

「なんでしょう」

其角がきく。

「最近になって、幕閣で『紀伊國屋』に注文することを避ける動きが増えてきた。その最中で此度《こたび》の件が起こった」

「つまり、柳沢さまと紀文の仲が悪くなっているということですか」

其角は緊張してきいた。

「そこはわからぬ。出羽守は紀文の金を頼りにしておるからな。その動きは『紀伊國屋』だけではなく、『奈良屋』でも同じだ」

「奈良屋も、でございますか」

「ああ」

伊達公が答えた。

すると、井伊が口を挟んだ。

「奈良茂はいま家屋敷を買い占めていると聞きます」

「家屋敷を買い占める？　一体、なんのために……」

伊達公が首を傾げた。

「いま、ふと思ったのは、もう幕府御用達《ごようたし》の商いができないのであれば、地代の収入を得ようと企んでいるのではないでしょうか」

井伊が言った。

「考えられるな」

伊達公は頷き、

「ともかく、江戸の大店ふたつがこのような状況に追い込まれている。世の中は変わってくるかもしれぬ」

と、遠い目をした。

世の中が変わる。たしかに、少し前までは戦《いくさ》の世の名残があった。しかし、元《げん》禄《ろく》になり、戦がなくなり、穏やかな時代になった。

その過渡期に、財力で天下をものにした紀文と奈良茂という存在は、これからの時代に不要なのかもしれない。

「ともかく、それだけをお主に伝えておきたくてな」

伊達公は優しく告げ、

「また、近々親しい者たちだけで茶会を開く。その時にゆっくりと話そうではないか」

と、締めくくった。

其角と井伊は伊達公に別れを告げると、いっしょに屋敷の門に向かった。

「それにしても、伊達公が仰ったことがまさに、先生に伝えようとしていたことだったのには驚いた」

井伊は苦笑いした。

なんといっても、其角だけでなく、文人が華やかに暮らしていけるのも、豪商と呼ばれる者たちが、金に糸目をつけずに遣ってくれるからである。

もしも、そのような者たちが没落してしまっては、今後の其角の暮らしが危うくなるのではないかと危惧してくれているようであった。

「私なんぞは好き勝手に生きていますから、末路哀れは覚悟の上です」

其角は強がりではなく、本心で答えた。

「もし、何か困ったことがあれば、いつでも相談してくだされ。わしや許六が力になろうぞ」

井伊が慈悲深く言った。

門の近くで、許六が待っていた。

その場でふたりと別れ、其角は屋敷を出てから駕籠に乗った。


江戸座に戻ってきたのは、半刻（約一時間）後。江戸座の前で、床几《しょうぎ》を出して月見をしていたらしい、お喋り好きな近所の隠居に呼び止められた。其角の句を愛してくれて、何かあれば祝儀だといって金も出してくれる。話が長いだけで、あまり面白味のない者であったが、邪険にはできなかった。それに悪い人ではない。

「赤穂の元藩士たちはまだ討ち入りをしないんですかね。憎き吉良を早く倒してやってほしいものですわい」

隠居はそんなことを言う。

芝居では吉良上野介が悪く描かれており、そのまま受け取ったのだろう。

「あれは芝居だから、大げさにしているんだ」

其角が言っても、

「でも、あの温厚な浅野さまが突如として怒り狂うくらいだから、余程嫌な奴なんだろう」

隠居は聞く耳を持たない。

浅野内匠頭が温厚だというのも、芝居の作者の勝手な解釈である。

隠居と話し終えて江戸座に戻ると、客間から話し声がした。

透き通るような心地よい声である。

「お待たせしました」

其角は客間の襖《ふすま》を開いた。

内弟子の二郎兵衛と元赤穂藩の堀部安兵衛が向かい合っていた。

堀部は少し前に京に行くと言っていた。

十日ばかり前である。それも、仕官先を見つけに行くなどと言っていた。まさかこんなに早く江戸に戻ってくるとは思わなかった。

もう仕官先を見つけて戻ってきたのか。

それとも、すぐに諦めたのか。

いや、仕官先を見つけに行くというのは、ただの口実であって……。

何かもやもやしたものを感じた。

近松門左衛門の文によると、赤穂藩の元筆頭家老の大石内蔵助が京の山科にいるとのことであった。そこで何かを企んでいるようには思えないと文には書かれていたが、堀部が京に行くというのも、大石に会いに行ったのではないかと疑ってしまう。

会いに行くことに不思議はないが、堀部は江戸にいる元赤穂の家臣たちの中でも、吉良上野介に復讐をしようと企てる中枢を担う人物である。

堀部は其角とも親しくしているが、本心をひた隠しにしている。

「いつのお戻りで」

其角は笑顔を繕ってきいた。

「実は十二日に戻ってきました。すぐに先生のところに挨拶に参ろうと思ったのですが、何しろ拙者もいまとなってはただの浪人でございますから、仕官先を探すのに奔走しておりまして」

堀部が頭を下げる。

予《あらかじ》め準備していた台詞《せりふ》のように聞こえてしまった。

「京はどうでしたか」

「なかなか風光明媚なところですな」

「ええ、江戸とは全く違いますでしょう」

「ああいうところで暮らしていたら、のんびりとしてしまいそうで……」

「それくらいが丁度いいのかもしれません。京にも、次の仕官先を探しに?」

「ええ。いま家老の大石さまがいらっしゃるので、何か伝手《つて》はないかと話をききに行った次第にございます」

堀部の方から大石の名前を出してきた。

どこか、其角を探るような目つきをしている。

其角は仇討ちをするのに反対するわけでもなければ、取り立てて武士たるもの、主君の仇を討つべきだとも思わない。それに、其角は浅野内匠頭の刃傷は内匠頭の病気が原因だと睨んでいる。そういうことからしたら、吉良上野介への仇討ちは筋違いだ。大石もそのことはわかっているはずだ。だが、大石の思惑は別なところにあるのではないか、と思っている。

「どこも仕官先はないのでございますか」

其角は顔色を窺《うかが》うようにきいた。

「それがなかなか」

堀部は苦笑いしながら、首を傾げる。

「左様でございますか。わしも堀部さまのお役に立てればいいのですが、なんといっても、こういうご時世なので……」

其角は答えた。

言い訳ではなく、そうであった。

そもそも、八十六年前の大坂の陣で豊臣《とよとみ》方の浪人が一気に増えた。そればかりではなく播州《ばんしゅう》浅野家のように、徳川幕府が制定した法度《はっと》に背いて取り潰された大名家も多々ある。各大名家は、そもそも戦のない太平の世の中では不要の家臣たちを持て余しているので、新たな仕官先を見つけることは親類でもいない限り難しい。しかも、大石内蔵助のような家老であれば、どこかしら見つかるかもしれないが、堀部安兵衛のような二百石扶持《こくぶち》の下級武士は見向きもされない。

「京へはおひとりで？」

「左様にございます」

「もし仰ってくだされば、東海道の宿場にはそれぞれ知り合いがいるので、わしの文を持たせて、いい待遇をしてもらえましたのに」

「先生のお心遣い、ありがたく頂戴いたします。されど、赤穂の者たちが皆大変な中、拙者だけがいい思いをするわけにもいきませんので」

堀部は答えてから、

「ところで、妙なことを耳にしたのですが」

と、重たい声で言った。

「妙なこと？」

其角はきき返す。

「吉良が屋敷替えになるという噂です」

「……」

其角もそのことについては月見の宴で宗徧から聞いたばかりだった。

しかも、それは随分前から出ていたことだ。松の廊下での一件があってから、吉良は体の不調を理由に高家《こうけ》筆頭の座を降りた。そして、呉服橋《ごふくばし》にある屋敷にはあまり在住せず、実の息子で、上杉《うえすぎ》家へ養子に出した現当主の綱憲《つなのり》を頼って、桜田門《さくらだもん》の近くにある上杉家上屋敷に入り浸っているという。

「先生はそのようなことは聞いていませんか？」

堀部はきいた。

「色々な噂が飛び交っていますから、どれが本当なのかさっぱりわかりません」

其角はそう答えてから、

「やはり、吉良さまのことを恨んでおりますか」

と、きいた。

堀部は俯《うつむ》き加減に、

「そんなことより、仕官のほうが大事です。それに、よけいな噂が立って、殿の弟君である大学《だいがく》さまにも迷惑がかかってはいけません」

大石は浅野大学を立てての浅野家再興を願い出ている。

「他の方も同じ考えで？」

「おそらく」

堀部は頷く。

「先生は紀伊國屋文左衛門どのと仲がよろしいと聞きます。その紀文どのは、柳沢さまと繋がっております。柳沢さまが吉良どのを遠ざけているので……」

堀部が続けようとした。

「待ってください」

其角が止めた。

「はい？」

「いま柳沢さまが吉良さまを遠ざけていると仰いましたか」

「ええ」

堀部がぎこちなく頷いた。

「誰がそんなことを？」

其角はきいた。

「これもただの噂でございますが」

「しかし、堀部さまが口になさるということは、信頼できる噂なのでございましょう？」

其角がきいた。

「いえ……」

堀部は言葉に詰まった。

珍しく、困っているようであった。実直な性格で、顔に出やすい。

「実は私もそのような噂を耳にしました」

其角は助け船を出すように言った。

「先生」

二郎兵衛が囁《ささや》くように注意する。

其角は二郎兵衛に対して、黙ってろと言わんばかりに横目で睨む。

すぐに堀部に顔を戻して、

「茶人の山田宗徧が言うには、いま隣のお屋敷が空いているそうなんですけど、しょっちゅう吉良家の家紋を付けた者たちが来ているようで」

と、教えた。

二郎兵衛は相変わらず苦い顔で見ている。

「本所松坂町……」

堀部は小さく呟いた。

「宗徧は茶を通じて、吉良さまとは親しい間柄です」

其角が言い添える。

二郎兵衛は口を挟もうとしたが、

「宗徧先生はいつ頃と言っていましたか」

堀部がきく。

「近々とだけ」

「近々ですね」

堀部の顔がより引き締まる。

「堀部さま」

其角は改まった声で呼びかけた。

「はい」

堀部が其角を真っすぐに見る。

「なにか企んでいるので？」

其角は低い声で確かめた。

「そんなことはありません」

堀部は首を横に振って否定してから、

「ただ、吉良さまがどうしておられるのか、その動向だけは知っておきたいのでございます」

と、答える。

「大石どのは、刃傷のもとは吉良どのにあるとお考えなのですか」

其角はあえてきいてみた。

「そうでしょう」

「内匠頭さまは持病がおありだと聞きましたが」

「先生、私は仕官先を探している身です。どうか、お汲み取りください」

其角は何も言わず、深く頷いた。

堀部は挨拶をかねて、吉良の屋敷が変わることをききに来たようであったのか、他のことはきいてこなかった。

堀部が引き上げると、

「先生、なんであんなことを？」

二郎兵衛が其角に食って掛かった。

「なんのことだ」

「吉良さまのことにございます」

「宗徧から聞いたんだ」

「しかし、堀部さまは吉良さまの命を狙っているのかもしれないんですよ」

二郎兵衛の声が大きくなった。

「それは堀部さまも仰っていただろう。ただ吉良さまの動向を知っておきたいだけだと」

「なんで、動向を知る必要があるんですか。やはり、何か企んでいるんですよ」

「うむ」

「噂では……」

二郎兵衛が続けようとしたところを、

「噂なんて信じてどうなる」

と、制した。

「ですが、火のない所に煙は立たぬと」

「それと、これは別のものだ」

「先生が変な疑いをかけられるのは困ります。軽率なことは控えてください」

二郎兵衛が釘を刺した。

世間の者は、なぜ仇討ちをしないのかとまくし立てている。さっきの隠居のように、芝居の影響も多いにある。

それは重々承知のうえで、吉良の屋敷を伝えるくらいなら構わないと思った。其角も仇討ちに味方する気持ちはない。

しかし、知らず知らずのうちにどこかしら同情しているところがあるのではないか。そんな気がしなくもなかった。

「まあ、吉良さまだって護《まも》りを怠らないだろう。それに、上杉の屋敷に入り浸っていては、いくら仇討ちといえども、堀部さまたちが襲うなんてことはできねえ」

自分に言い聞かせるように言った。

かつて堀部が同輩の高田郡兵衛と奥田孫大夫《おくだまごだゆう》と三人で吉良を殺そうと企んだとき

にも、あまりの警備の厳しさに断念した。

いくら屋敷が他の場所に移るといっても、今まで通り上杉家の上屋敷へ入り浸っていれば、堀部たちも下手な動きは出来ない。

其角は顎《あご》を撫でながら、考えに耽《ふけ》っていた。

二郎兵衛は何か言いたそうであったが、それ以上は口にしなかった。

三

それから、数日が経った。ようやく、『紀伊國屋』の番頭が、

「旦那さまが明日、吉原で会えないかと申しておりました」

と、話を持って来た。

ちょうど、近松門左衛門と坂田藤十郎からも誘いがあり、重なってしまったが、互いに知らぬ仲ではないし、近松も文左衛門のことが気になっているようだったので、一緒に呑むのはどうだと提案した。

番頭は一度その話を持ち帰ってから、再び江戸座にやってきて、

「旦那さまは是非ともそうして頂きたいとのことです」

と、答えた。

文左衛門が来ることは、二郎兵衛に頼んで、近松たちに伝えてもらうことにした。

翌日、夕陽が沈むのもだんだん早くなる。

雑草が生い茂った吉原田圃《たんぼ》の一本道を金の装飾を施した駕籠がゆっくりと進んでいる。

駕籠かきの格好もそれに合わせたのか、粋な赤地の単衣《ひとえ》で、鉢巻は金色であった。

こんな派手な格好の駕籠かきは他にいない。

他の駕籠に追い抜かされる。だが、この駕籠は急がなかった。

ちょうど、この時分、吉原へ向かう客たちがちらほらいた。皆が駕籠を見るなり、必ず振り返る。

「どこの大尽が乗っているのだろう」

誰かが言った。

「あれくれえの駕籠だ。紀文か奈良茂か」

そんな声も聞こえた。

いずれも当世を代表する豪商だ。

いつでも、どんな時でも、紀文こと、紀伊國屋文左衛門の名前が最初に出てくる。次に奈良屋茂兵衛。三番目はひとによって違う。

暮れ六つ（午後六時）を告げる時の鐘が、浅草か上野《うえの》の方から聞こえてきた。鐘に合わせたのか、歩きで吉原へ向かう客たちの足は早くなっていた。

「旦那、急ぎますか」

駕籠かきがきく。

「いいや、ゆっくりで、ゆっくりで」

中から上機嫌な中年の男の声が聞こえた。少し甲高い、余裕のある声だ。

駕籠はやがて日本堤《にほんづつみ》に差し掛かった。柳橋《やなぎばし》などから舟で来る客は山谷堀《さんやぼり》の船宿から土手八丁を歩いて吉原に向かう。

やがて、見返り柳《みかえりやなぎ》が見え、その先が衣紋坂《えもんざか》。坂を下ると大門に着く。

その衣紋坂を駕籠が下った。

通りの端にある柳の木の陰から見ている気味悪げなふたりの侍がいた。

ひとりは背が高く、がっちりとした体つきだ。もうひとりは中肉中背でがっしりしているが、胴長短足だ。ふたりとも笠《かぶ》を被っている。着物に紋は付いていなかった。浪人のようだ。

侍たちは駕籠が横を通り過ぎるときに、何やら囁いた。

突然、侍たちが駕籠に向かって駆け出した。

駕籠かきが振り返った束の間、背の高い侍が後棒《あとぼう》を突き飛ばした。即座に太ももを鞘《さや》ごと叩く。

鈍い音とともに、うめき声がした。

「なんだ」

中から驚いた声がする。

駕籠は傾き、先棒《さきぼう》が慌てたように振り返った。

先棒の男は、賊を見て、

「旦那、襲われ……」

と駕籠を置き、素手でもう片方の侍に果敢に向かっていった。

「小癪《こしゃく》な」

侍は渋い声で言い、駕籠かきの首元を刀の峰で打った。

「うっ」

重たく、詰まった声を出して、駕籠かきはその場に倒れ込んだ。

倒れた駕籠から、上等な袷《あわせ》を着た中年の小太りの男が這いつくばりながら出てきた。紀伊國屋文左衛門である。

背の高い侍が文左衛門の顔に切っ先を突き付けた。

「誰に頼まれた？」

文左衛門がきく。

「己の胸に聞け」

浪人は刀を振りかざした。

だが、すぐ刀を引っ込め、踵を返した。

「おい、誰か」

文左衛門は金切り声を上げた。

周囲は啞然《あぜん》としていたが、すぐに何人もが駆け寄ってきた。その間に、侍たちは素早く逃げて行った。

まもなくして、岡っ引きの権太郎とふたりの手下が駆けつけてきた。

権太郎は文左衛門に駆け寄り、

「紀文の旦那」

と、呼びかけた。

「だいじょうぶだ」

しかし、文左衛門は立ち上がれなかった。駕籠が傾いた際に、腰を痛めたらしい。

「おい、旦那をどこか涼しいところに連れていって、すぐに手当をしろ。それで、医者を呼ぶんだ」

権太郎が手下たちに指示をする。

「へい」

手下たちは機敏な動きで、文左衛門を運んだ。

すでに野次馬が群がっていた。

権太郎は野次馬に向かって、

「誰か襲われたときの様子を知ってる奴はいねえか」

と、きいて回った。

「ええ、あっしが」

職人風の男が前に出てきた。

「あっしは見返り柳の下で、友だちを待っていたんです。一緒に行く約束をしていましたんで」

「それで？」

「そしたら、やけに派手な駕籠が来るなと思いました。ずっと目で追っていると、衣紋坂をくだってすぐの柳の木の陰からふたりの浪人が飛び出してきて、ひとりが駕籠かきを突き飛ばして、いきなり……」

職人は叩く身振りをして、

「それで、もうひとりが前を担いでいる奴をまたこう……」

と、今度は斬りつける真似《まね》をした。

権太郎は大きく相槌を打ちながら聞いていた。

職人はさらに続ける。

「でも、中に乗っている旦那を襲うことはなく、そそくさと逃げていきましたぜ」

どこか弾んだ声で言う。

「どっちに逃げて行った？」

「あっちです」

職人は山谷町の方面を指した。

「浪人の特徴は？」

「ひとりは背が高く、がっちりとした体つきでした。もうひとりは中肉中背ですが、脚が短く、胴が長かったようです。やはりがっしりしていました」

権太郎はこの職人以外からも、襲われたときの話をきいて回った。しかし、皆同じことを言っていた。ある者は、何かの余興だと思ったと口にしていた。突然の出来事とはいえ、大衆の面前なのに、誰も止める者がいなかったのがなんとも言えない気持ちになった。

権太郎は山谷町のほうへ足を進めた。

途中で会う人ごとに、ふたり連れの侍を見かけなかったかと聞いたが、誰も見たという者は現れなかった。千住宿《せんじゆじゆく》まで行ったが、何にも得られなかった。

途中で橋場のほうに逃げたのかと思ったが、

「吉原のすぐ近くで身を潜めていたんじゃねえですか」

と、同行していた手下が口にした。

追跡はうまくいかなかった。

だが、先日の毒を盛られた件との関連を考えた。背の高いがっちりした体格の浪人の特徴は、お静と付き合いのある浪人に似ているが……。

吉原の揚屋町にある『美作屋』の二階。

一番大きな座敷で、宝井其角は芸者や太鼓持ちを大勢侍《はべ》らせながら酒を呑んでいる。一緒にいるのは、成田屋《なりたや》こと歌舞伎役者の市川團十郎、その隣には坂田藤十郎と近松門左衛門がいた。

藤十郎は京の生まれで、上方で芸を磨いた。なんといっても、京島原《しまばら》の傾城夕霧《けいせいゆうぎり》が病死したことを受け、その情夫藤屋伊左衛門《ふじやいざえもん》との情事をそのまま劇化した『夕霧名残の正月』が有名である。大坂荒木與次兵衛《あらきよじべえ》座で年に四回の興行を繰り返し、その度に大入りを取っている。

どちらもすごい役者であるには違いないが、其角は團十郎の方がより好きであった。

それというのも、藤十郎は見た目よりもいかに現実味を帯びているかにこだわっている。芝居は現実とは違うから面白いのだ。

甲乙つけがたいが、これは江戸と上方の客の好みの違いと言うより他にないのかもしれない。

「やっぱり、俺は江戸っ子だ。大げさな芝居の方がいい」

其角はまだ酒が回っていないうちから、本人を目の前にして堂々と言った。

「其角先生と言えども、わかってへんな。芭蕉先生は違《ちご》たわ」

ひと回り以上年上の藤十郎は笑いながら、其角の俳諧の師匠、松尾芭蕉の名前を出した。芭蕉の晩年、上方で病に倒れて養生していたときに、交流があったそうだ。

其角は上方で一度だけ藤十郎と会ったことがある。ちょうど、師匠の松尾芭蕉が病に倒れて、見舞いに駆けつけたときであった。その時には、團十郎がたまたま上方での興行に出ていて、新町《しんまち》で三人で呑んだ。

それ以来、藤十郎とは上方の井原西鶴や近松門左衛門などの文人同様、文のやり取りはしていたが、興行で忙しくて会う機会はなかなかなかった。

「俺もこいつの芝居は真面目で嫌いだ」

團十郎も冗談めかして、其角の言葉に乗った。

「おい、随分な言われようやないか。お前の芝居は臭《くそ》うて、臭うて」

藤十郎は鼻をつまんで、手で扇《あお》いだ。時代物や踊りは不得意であるが、そのかわり台詞回しに秀でていて、遊女を口説く場面では気絶する女の客も続出するほどだ。

藤十郎の芝居を見たことがなくても、評判は江戸にまで鳴り響いている。それなのに、江戸での興行がないので、ここにいる芸者衆や太鼓持ちも藤十郎に目を輝かせていた。

「だが、江戸は楽しいでんな。今日はこいつと浅草寺《せんそうじ》に行ってきましたんや。そしたら、團十郎のことは皆気づいて取り囲むのに、わしのことは誰も気づかへん。上方では、いつも取り囲まれるから、こっちの方が気楽でええわ」

藤十郎は太い声で大きく笑った。

和やかな場であったが、

「それにしても、紀文は遅せえな」

と、其角が舌打ち混じりに呟いた。

もう四半刻（約三十分）以上は遅れている。

「まあ、いずれ来るでしょう」

團十郎は気にせずに言うが、

「文左衛門が藤十郎さんと会えるのをどれだけ楽しみにしていたか」

其角は言い返した。

文左衛門は元は紀州の生まれであるが、江戸に出てきてからは商売で忙しくて、江戸を出ていない。京、大坂にも行っていなかった。だから、そっちの文人が江戸に来るときには、大いに喜び、これでもかというくらい至れり尽くせりの待遇をする。

今回のこの店も、藤十郎のために文左衛門が店をまるごと貸し切りにした。

「迷ってへんやろか」

藤十郎がきく。

「まさか。こんな狭い吉原だ。ここで一番のお大尽様が迷うことはありえん」

其角が首を横に振った。

「ほんなら……」

藤十郎は酒を呑みながら首を傾ける。

「もしなんなら、あっしが様子を見に行って来やしょう」

太鼓持ちのひとりで、年配の目のぎょろっとした笛助《ふえすけ》が言う。

たしかな年はわからないが、吉原の太鼓持ちで最年長と言われている男だ。元来、顔の皺が多く、肌がくすんでいたが、二年あまり病に臥していた。久しぶりに会うが、余計に年を感じた。髪もほとんど白髪で、鬼婆みたいだと團十郎から揶揄《からか》われていた。

だが、この男は場を盛り上げるばかりではなく、色々な者たちと交流があるので、多くのことを知っている。それゆえに、贔屓にしている客も少なくはない。

笛助が座敷を出ると、

「そういえば、せっかく江戸に来たのだから、会いたい者がおるんや」

近松が思い出したように言った。

「誰だ」

其角がきき返す。

「堀部安兵衛さまや」

「堀部さま？」

「高田馬場での仇討ちで、江戸で英雄だというやないか」

「吉良さまとのことをききたいんじゃなくて？」

其角はきいた。すでに、堀部が仇討ちを企てて失敗した話は文で伝えていた。

「それも」

近松は小さく答えた。

すぐに藤十郎が、

「堀部さまは役者にも劣らぬいい男ときいとる」

と、言った。

其角は酒をぐいと呑んでから、

「まあ、明日話をしてみる」

と、伝えた。

「わてらは堀部さまに合わせられるさかい、明日でも明後日でも早めにお願いしたい」

近松が真っすぐな目を向ける。

其角は黙って頷いた。

その時、襖が開いた。

振り向くと、笛助が硬い顔をしている。

「なんだ」

其角がすかさずきいた。

「さっき、紀文の旦那が襲われたそうです」

「なに？　襲われただと？」

其角は思わず身を乗り出した。

團十郎や藤十郎も同じであった。

「吉原大門の前で駕籠に乗っているときに襲われたんだそうで。幸い、紀文の旦那は大した怪我もなかったそうですが、いま大門口で休んでいるそうです」

笛助が言った。

「まあ、大したことがなくてよかった」

團十郎が答えるが、

「だが、情けねえ奴だな」

其角が鼻で嗤《わら》う。

「仕方ないでしょう。にしても、金目当ての所行かいな」

藤十郎が笛助にきく。

「何も取られていないそうです」

笛助が答える。

「襲った者は？」

團十郎がきいた。

「まだわからないそうですが、ふたり組の侍だったそうで」

「恨みかな。あいつだったら、あり得るな」

團十郎が虚空を見つめる。

其角には、何を言わんとしているのかが読めた。

（上野寛永寺の本堂、根本中堂……）

根本中堂前には、常行堂《じょうぎょうどう》と法華堂《ほっけどう》が左右に並び建ち、その間は屋根付きの高廊下で繋がれ、参詣者は高廊下の下をくぐって根本中堂へ向かう。

其角の頭には、それが浮かんだ。

元禄十年から翌十一年にかけての工事であったが、老中柳沢出羽守吉保を惣奉行として普請し、紀伊國屋文左衛門が請け負った。その額は五十万両とも言われる。当初も批判があったが、今年三月の松の廊下で浅野内匠頭が吉良上野介に斬りかかった事件を境に、またとやかく言われはじめた。浅野内匠頭が即日切腹させられたのは、将軍の下知《げち》ではなく、柳沢吉保の指示ではないかという噂が立っているからだ。

その柳沢と紀伊國屋文左衛門の関わりは強い。金の出所である紀伊國屋文左衛門さえ始末すれば、柳沢も倒れると考える者がいても不思議ではない。

「恨みというか、何というか。だが、わざわざ吉原大門の前で襲うっていうのがな……」

其角は呟いた。

「たしかに、そんな目立つところでするこたあねえな」

團十郎が言う。

「だが、どれが紀文さんの駕籠か気づかへんやないんか?」

藤十郎が口を挟む。

「いや、あいつは近頃、やけに派手な駕籠を使っているんだ。まるで、自分がここにいると言わんばかりなもんだ。屋根には紀文って書いてある。本当に命を取ろうと思ったら、人通りの少ないところで襲うだろう」

其角がすぐさま答え、

「ともかく、紀文が襲われたんじゃ、俺たちも呑気《のんき》にやってられねえな。藤十郎さん、お前さんにはすまねえけど、今日はもうお開きにしよう」

と、頭を下げた。

團十郎と藤十郎、近松は大門から駕籠で帰って行った。

其角は近くにいた権太郎に声をかける。

「どうも、先生」

「紀文が襲われたそうだな」

「ええ、ふたり組の侍なんですが」

「浪人か」

「ええ。でも、こんな人通りの多いところで襲うなんて、殺しを目的としたわけじゃねえと思うんです」

権太郎は決め込んで言った。

「とすると、何が目的なんだと思う？」

「わかりませんが、威嚇《いかく》でしょうかね」

「威嚇？　紀文を？」

「ええ。それか、その裏にいる……」

　権太郎は、はっきりとは言わなかった。

「で、文左衛門はどこにいる？」

「五十間道《ごじっけんみち》の大門近くの店の座敷で横になっていると思います。先ほど、お医者を呼んで診てもらっていました」

　其角はその店を教えてもらって行った。

　十畳ほどの座敷の真ん中に、布団が敷いてあり、文左衛門は横たわっていた。枕元には医者がいる。

　近づくと、文左衛門の額からすごい汗が出ていた。

　部屋の中はさほど暑いわけではない。むしろ、窓から涼やかな風が入ってくる。

「大怪我をしているわけじゃねえんだよな」

　其角は医者にきいた。

「ええ、それは心配ないでしょう。ただ、余程疲れが溜まっていたのか、このような有り様です」

　医者が答える。

「別状はないのか」

「それは心配に及びません」

「なら、よかった」

其角はほっとため息をついて、

「まったく驚かせやがって」

と、眠っている文左衛門に向かって舌打ちした。

しばらくその場に留まっていたが、文左衛門が起きる様子はなかった。

諦めて、其角は帰った。

江戸座に戻ったのは、四つ（午後十時）くらいであった。

江戸座の灯りが付いている。

たとえ、其角の帰りが遅い時でも、二郎兵衛が常に起きて待っている。

居間へ行くと、

「随分お早いお帰りで」

二郎兵衛が驚いたように言う。

其角の顔を見て、

「何かありましたか？」

と、眉間に皺を寄せた。

酔いが醒めているから、かえって変に思われたのだろうか。

「実は文左衛門が襲われたんだ」

其角は顔を触りながら言った。

「え、紀文さまが？」

「まったく……」

「お怪我は？」

「大したことない。ただ、ずっと寝ているんだ。医者が言うには、日頃の疲れが溜まっているからで、命に別状もねえと言っているんだが」

「あの方は朝早くから働いて、夜は遅くまで遊んでいますから。いずれ、倒れるのではないかと心配していましたが……」

「あいつも若くはねえ」

其角が舌打ち交じりに、首を横に振る。

「それは先生だって同じことですよ」

「わしはまだ元気だ」

「近頃、朝起きるのが辛そうじゃありませんか。それに、すぐに酔うようになってきましたし」

「大したことねえ」

「そういう小さなことが命取りになるんです」

二郎兵衛がきつい目をして言った。其角に意見できるのは、この男しかいない。年は二十近く違うが、まるで古女房のように人の痛いところを突いてくる。

だが、そんなはっきり言ってくれる二郎兵衛が、其角にとっては何だかんだ言いながらも居心地がよかった。

「襲ったのは、ふたり組の侍だというが、どんな者たちなのか、まだ調べがついていない」

「でも、紀文さまは最近よけいに羽振りがよくなりましたから。随分と恨みは買っているでしょう」

「うむ。そうだな」

「先生は裏に何かあるとお考えで？」

二郎兵衛がきく。

「いや」

其角は首を傾げた。

「その目は、疑っている目です」

二郎兵衛が決め込んで言う。

「そんなことはねえ。疑ってなにを……」

「柳沢さまと蜜月にあることじゃないんですか」

「まあ、そういう風に考えるのは、わしだけじゃねえはずだ」

其角は言い返した。

「でも、紀文さまも先生には柳沢さまのことをあまり話したがらないのでしょう？」

「ああ」

「なんでなのでしょうか」

「怒られるとでも思っているからじゃねえのか」

「汚い手を使って、仕事を請け負うことをですか」

二郎兵衛の声は尖《とが》っていた。

「今日は随分と言うな……」

其角は苦笑いして、

「何かあったのか」

と、きいた。

「いえ、いつもと変わりません」

二郎兵衛は顔色を変えずに答えた。

「そうか……」

其角はなんとなく気になりながらも流した。

この日は早く床に就いた。

四

権太郎は吉原の大門を出入りする客や商人など誰彼構わず聞き込みを続けた。すると、中肉中背で胴長短足の浪人が神田紺屋町《かんだこんやちよう》に住む鎌村助蔵《かまむらすけぞう》ではないかと言う者がいた。

(鎌村助蔵……)

権太郎はつぶやきながら、神田紺屋町の自身番《じしんばん》へ行った。

五十過ぎの品のいい家主が「ご無沙汰しています」と迎えてくれた。

「すまねえ、この辺りに鎌村助蔵ってえ、浪人は暮らしてやいねえか」

「鎌村さまなら、下駄《げた》問屋の先の路地の裏長屋に住んでいましたよ」

「もう住んでねえのか」

「いえ、それがちょっと厄介事でして」

　家主はこめかみを掻いてから、

「短く言えば、借金があって、十日ばかし前から姿をくらましているんです」

「借金？　誰にだ」

「近くの座頭なんですが」

「なにで作った借金なんだ」

「わかりません。どこかはわかりませんが、賭場《とば》にも出入りしていたようでしたので」

「そうか」

　権太郎は頷いてから、

「鎌村の身過ぎ世過ぎは？」

　と、訊ねた。

「用心棒です」

「どこの店だ」

「しょっちゅう変わっていましたが、姿をくらますまでは近所の居酒屋です」

「そんなに素行の悪い奴だったのか」

「素行が悪いというか、なんていうんでしょう。ちょっと危ない匂いのする方でしたね」

「どういうことだ」

「うまく言えませんがね。私なんかは迷惑をかけられたことはないですが、裏長屋の大家なんかはなかなか家賃を納めてもらえないで、しかも取り立てるとかえって殺されるのではないかと恐れていましたから」

家主は深刻な顔をした。

「そんなに乱暴な男だったのか」

「普段は大人しい人ですよ。ただ、目つきが恐ろしいんです。なんといいますか、吊り上がって、ぎょろっとして、目玉がとにかく大きいんです」

「つまり、威圧するような顔をしているって訳だな」

「ええ」

「態度は？」

「よくもなく、悪くもなく」

家主は曖昧に首を動かした。

権太郎は居酒屋の場所と、大家の住まいをきいた。住まいは鎌村の暮らしていた裏長屋のとば口にあるそうだ。居酒屋よりも自身番からの距離が近かったので、まずは大家を訪ねた。

大家は権太郎を見るなり、名乗ってもいないのに、すぐに「鎌村さまのことでしょうか」ときいてきた。

「よくわかったな」

「ええ、いずれ親分さんが来ると思っていましたから」

見かけで、すぐに岡っ引きと気づかれる。きき込みに回っている時にはいいが、怪しい者を尾けたり、張るときなどにはすぐに見破られてしまう。

「鎌村がいなくなったのが、もう十日ばかし前だって聞いたが」

「ええ。何の前触れもなしにいなくなりました」

「借金があったそうだな」

「はい。座頭に五両ほど」

「博打で作ったのか」

「だと思います。よく出入りしているという噂です」

「誰がそんな噂を？」

「町内の若い連中ですよ。皆、鎌村さまにはうんざりしているんです」

「なんでだ」

「そりゃあ、おっかない人ですから」

「自身番の家主もそんなことを言ってた。実際に、お前さんが何かされたことはあるのか？」

「家賃をなかなか払ってもらえないくらいです。強く言うと、目で押し殺してくるんです。すると、危ないんで強くも言えず……」

大家はばつの悪そうな顔をした。

ふと、家の奥から女房らしき女がこちらを覗いているのが見えた。

目が合うと、女房は頭を下げた。

「お前さん以外でも、誰か金のことで揉めていたことは？」

「ですから、金を貸している座頭が返してもらえないで困っていました」

「だが、あの者たちなら」

家の前で大声で叫んだり、何人も仲間を連れてきて事を大きくするなど、半ば強引なやり方で取り立てをすることが多い。

「いえ、鎌村さまはそんなことお構いなしで……」

大家はため息をついた。

「座頭の脅しにも屈しないのか」

「はい。あの座頭は少し気が弱いところがあります。それに、鎌村さまは剣術には相当長《た》けていると聞いています。だからこそ、方々で用心棒ができるんだと思いますが、あの方には脅しが通用しないのでしょう」

大家はまるで目の前に鎌村がいて、恐れているかのように話す。

権太郎はそれ以上きかなかった。大家に礼を言ってから、居酒屋へ向かった。

居酒屋はまだ暖簾《のれん》がかかっていない。表の戸口は閉まっている。

裏に回り込んで、勝手口を開けた。

すると、台所で女中が洗い物をしていた。

「すまねえ、ここの主《あるじ》はいるか」

権太郎がきく。

「はい」

「ちょっと呼んできてくれねえか。俺は……」

権太郎は名乗った。

「すぐに」

女中が皿を置いて、布巾《ふきん》で手を拭ってから、奥へ行った。

それほどしないで、三十半ばくらいの体格のいい男がやって来た。

「もしかして、鎌村さまのことで？」

ここでも、予めわかっていたかのように聞かれた。

「そうだ。もういなくなって十日は経つそうだな」

「ええ」

「借金があったことはわかっているが、お前さん何か知らねえか」

「借金を返す当てがあった気がします」

「どういうことだ」

「鎌村さまに五両の借金があることは本人も仰っていましたが、もし返済が迫っていてどうしてもすぐに入用なら、私が立て替えてもよいと言ったんです。すると、鎌村さまは『まあ、心配するな。借金なんて、すぐになくなる』と。はじめは博打で金を作るつもりなのかと思いましたが、よくよく聞くと、楽に稼げる仕事を見つけたそうで、用心棒も辞めるかもしれないと言われました。でも、酒が入っているときだったので半信半疑でしたが、急にいなくなったことも考えれば、本当だったのかと……」

権太郎の頭では、楽に稼げるというのが、紀伊國屋文左衛門を襲うということなのかと浮かんだ。

「鎌村の剣術の腕はかなりのものだと聞いたが……」

「はい。そうですね」

「お前さんも実際に剣の腕前を見たことがあるのか」

「酔っ払い相手にならあります」

「だが、酔っ払いなら……」

「そうですが」

それより、紀文に一太刀《ひとたち》も浴びせていないのが、やはり気になる。元々、脅しのためだけで、危害を加えるつもりはなかったのか。

楽に稼げる仕事といったのは、実際に斬らなくていいからなのか。

「鎌村のと付き合いのあるやつはわかるか」

「いえ、さっぱり」

「他に抱えているいざこざは？」

「それも……」

どうやら、鎌村はあまり人付き合いがないようだ。そして、仕事以外で関わりのある者といえば、賭場に出入りしている者くらいだという。

だが、それが誰なのかは定かではない。

権太郎は仕方がないので、この界隈《かいわい》の岡っ引きを訪ねた。互いに会うのは初めてだが、名前は知っている同士であった。年は一回り上のようだ。なかなか頼りがいのありそうな、実直な面立ちだった。

「鎌村って浪人は大人しそうに見えるが、いざとなれば、かなり狂暴な侍だ。剣術の腕が立つと言うものもいるが、俺からして見りゃ、実戦にしか向かない剣術だ」

「借金があるというが」

「近所の座頭から五両借りていた。だが、もう返したそうだ」

「なに、返した？」

権太郎の心のなかで、紀文を襲ったひとりは鎌村で間違いないと決め付けた。だが、いくら聞いても、鎌村の交友関係はわからなかった。

それから二日が経った。

何度か文左衛門のもとに襲われた時の様子をききに行ったが、

「それが、覚えていませんで……」

と、首を横に振られるばかりであった。

しかし、目が妙に素早く左右に動く。知っていながら、あえて言わないのではないかとも考えられた。

あの襲撃は脅しだ。紀文に、次なにかあれば命を奪うと警告しているのだ。

だが、紀文が言わないというのは、何かやましいことがあるからではなかろうか。

紀文の怪しい噂といえば……。

思いつくだけでもいくつかある。どれも、賄賂に関するものだ。

紀州出の一商人が、ここまで大きな店《たな》を築き上げるというのは、ひとえに賄賂の成果だろう。

紀文が賄賂を渡す相手は柳沢吉保という噂だ。

現在、幕府で権力を握っているのは柳沢以外にいない。紀文もそれ以外に賄賂を渡す必要はない。

浅野内匠頭が吉良上野介に城中の松の大廊下で斬りつけ、内匠頭は切腹、赤穂浅野家は取り潰しになる一連の動きが、すべて柳沢の陰謀ではないかという噂もある。

ただ、これに関しては、柳沢がどこまで関わっているのか。ただの噂にしか過ぎないのではないかとも思えていた。

ともかく、寛永寺の根本中堂の建築に関しても紀文が関わり、他の幕府の事業にも賄賂の影響は計り知れないだろう。

権太郎は紀文に色々と問いかけるが、全てが肩透かしをくらうように、知りたいことを教えてもらえない。だからといって、角も立たない。

「では、なにか思い出したことがあれば教えてください。必ず襲った者は捕まえてみせますから」

権太郎はそう言い残して去った。

だが、鎌村以外のもうひとりは依然としてわからない。もうひとりの容姿がどことなく、『美作屋』で文左衛門に毒を盛ったお静と付き合っている浪人と重なる。

鎌村ともうひとりの足取りは、千住宿では摑めなかった。そこで、橋場のほうに調べを変えた。

橋場から今戸《いまど》を経て、駒形《こまがた》から蔵前《くらまえ》のほうに逃げたと見当をつけた。

聞き込みながら浅草三好町《みよしちょう》まで行き、念のためにきいた御厩《おうまや》河岸《がし》の渡しにいた船頭のひとりが、「なんか妙な小舟を見かけました」と答えた。

「詳しく聞かせてくれ」

権太郎の目が光った。

「へい。ちょうど、一昨日の夜でした。四つ（午後十時）近かったと思います。あっしは仕事が終わって、大川《おおかわ》沿いに床几を並べて仲間と呑んでいたんです。そしたら、小舟が来まして。その小舟ってえのが、数日前から向こう岸に置かれていたんです。持ち主がわからないので、しばらく誰も取りに来ねえようなら、商売の邪魔になるんで勝手にうっちゃろうって話になっていました」

「乗っていたのは？」

「暗かったのでよく見えませんでしたが、体格がよかったと思います。おそらく、侍でしょうかね」

船頭は少し自信なげに言った。

「それで？」

権太郎が促すと、船頭は続けた。

「また今度舟を泊めるようなことがあれば迷惑なんで、がつんと言ってやろうと急いで渡しに使っている舟を漕ぎだしたんですが、向こうはこっちに気づいたようで、急いで下流に向かって行きました」

「夜なので、遠くまでは見通せませんでしたが……。それっきり現れていません
よ」

船頭は言った。

「さらに下流か……」

権太郎はそれを聞くと、その場を離れて、さらに下流へ向かった。

五

八月二十一日の朝。

どんよりとして雲行きが怪しく、雨は降っていないものの、風が激しく吹き付けていた。江戸座の隙間から風が意表を突いた音を立てる。

犬の鳴き声にも、人間のうめき声にも聞こえる。夜にこの音がすると、近所の者などは魔物がとりついているのではないかと不安になるらしい。

其角はこの音が割と嫌いではなかった。むしろ、この音によって、発想が膨らみ、いい句が出来ることもある。

いまも筆を取って、紙に書く。

嵐と不安な気持ちを表した句を作ろうとした。

読み返して、

「ダメだ」

と、紙を丸めた。

響きが悪い。それに、句に勢いがない。

この頃、さっぱり思うような句を作ることができない。

二郎兵衛は近頃の句の方が、品があっていい出来栄えだと言うが、本人は気に入らなかった。

荒れた空を見ながら、文左衛門のことが心配になってくる。

未だに独り身で、頼る親戚もいない。

それに、『紀伊國屋』も文左衛門ひとりで持っているようなもので、優秀な番頭たちはいるが、いずれも駒として使えるだけであって、『紀伊國屋』という巨大な店《たな》を率いることなど到底できない。

嫌な夢を見た。

枕元に文左衛門が立っている夢であった。そして、文左衛門がいきなり其角の首を絞める。息苦しさで思わず起きた。

昨夜は、馴染みの後家の家に行ったが、久しぶりに会ったせいか、後家が其角をなかなか帰してくれなかった。

なんとかなだめて後家の家を出て、江戸座に帰ってきたのが八つ（午前二時前）であったので、ほんの少ししか寝ていない。

それなのに、目は覚めていて、もうひと眠りすることは出来なそうだ。

寝汗が酷かった。

浴衣《ゆかた》を着替えてから、廊下に出てみると、一階の灯りが見える。

（消し忘れたのか）

まさかとは思いながら、階段を下りた。

台所で水を飲んでから、灯りのともる部屋の方へ行く。襖の隙間から灯りが漏れていた。二郎兵衛の息遣いが聞こえる。

「入るぞ」

襖を開けた。

「先生、随分お早い」

二郎兵衛が筆を置いて、驚いて言う。

「お前こそ、随分早えじゃねえか」

「いつもこのくらいには起きていますよ」

「そうか。寝てるもんだから、知らなかった」

其角は頭を掻きながら言う。

「先生、もうお出かけになるんですか」

二郎兵衛がきいた。

「いや、嫌な夢を見ちまってな」

「もしかして、紀文さんの？」

「ああ。枕元に立っていやがった。縁起が悪いったら、ありゃしない」

其角は吐き捨てるように言う。

「先生がそんなことを気にするなんて、珍しい」

二郎兵衛は体を其角に向け直して言った。

「なんかな……」

其角がため息をつく。

「先生、お茶でも淹《い》れましょう」

二郎兵衛が腰を上げようとする。

「いや、さっき水を飲んだ」

其角はそう答えて、二郎兵衛と向かい合うように座った。

咳払いをしてから、

「お前は奈良茂のことはどれくれえ知ってる？」

と、きいた。

「さほど、存じませぬ」

「季節の変わり目には文のやり取りはしているだろう」

「ええ。この間も……」

二郎兵衛はそう言いながら、近くにあった文箱《ふばこ》を開けた。

中から薄手の美濃《みの》紙の文を取って、其角に差し出した。

目を通すと、文末に奈良屋茂左衛門と書かれていた。

「いつのものだ？」

其角がきく。

「昨日です」

「どうして、言わなかった」

「言いましたが、先生が適当に返事をしてましたので」

「そうだったか？」

「ずっと上の空ですよ」

二郎兵衛は厳しい顔つきで言った。

何を考えていたのだろう。文左衛門のことか。それとも、赤穂のことか。はたまた、柳沢のことだろうか。

いずれにせよ、全てが三月十四日の松の廊下から派生したことに思える。

文に目を通してみると、また近いうちに会いたいといった社交辞令のようなことが書かれていて、さらに文左衛門の容態のことにも触れてあった。

「やっぱり、奈良茂は……」

其角は口にした。

毒を盛られた時には、そんなことないと思ったが、まだ文左衛門の件は終わりそうにない。

それに、井伊が言っていたように、『紀伊國屋』にしても、『奈良屋』にしても、御用商人として扱われなくなった。それならば、商売仇を害そうとしてもおかしくはないか。

其角の考えは定まらなかった。

「どうしたのです？」

二郎兵衛がきく。

「いや、こいつはやたら、文左衛門のことを気にしているようだ」

其角は文を返す。

「それは、誰だって気にしますよ」

「だが、奈良茂といえば、文左衛門と並ぶ豪商だ。何か腹に一物《いちもつ》抱えているに違いねえ」

「決め付けるのは……。紀文さんを襲ったのには、裏に奈良茂さんがいると思っているのですか」

「わからねえんだ」

「奈良茂さんが紀文さんを恨んでいるようなことを言いたがるひとは多いですが、そんなことはありませんよ。周りがそう騒ぎ立てているだけです」

さっきよりも強い語気で言う。

其角が口を開こうとすると、二郎兵衛はさらに続けた。

「先生は覚えていないかもしれませんが、奈良茂さんも先生の弟子なんですよ」

「え？　わしの弟子だと？」

「もう一年ほど前でしょうか。大雪の日を覚えていますか」

「大雪の日……」

其角は腕を組んで、記憶を探った。

なんとなく、文左衛門が小判をばら蒔《ま》いていたのを覚えている。

「十年に一度という大雪で、吉原の客はとことん少なかったそうです。先生は紀文さんと成田屋さんと三人で吉原へ出かけたのですが、京町《きょうまち》の揚屋に行ったら、すでに貸し切られていると断られたんですよ」

二郎兵衛が語る。次第に、其角も思い出してきた。

もともとは、三人で大川に舟を浮かべて雪見をしていたが、雪が思ったよりも激しく降ったので、

「こんなんじゃ、吉原には誰もいねえだろう」

と、團十郎が言い出した。

「なら、一丁行ってやるか」

其角が言い出した。

他のふたりとも乗り気であった。すぐに舟を山谷堀に向かわせて、そこから駕籠で行った。

大門の前には、誰も通っていないのがわかるように、雪がしっかりと積もってい

た。

「思ったとおりだ」

其角は得意げに言い、京町にある揚屋へ向かった。

しかし、店の表は閉まっていた。

「客がいねえと思って、休みにしてやがる」

其角はすでに酔っていたからか、戸を思い切り叩いた。

しばらくして、店の番頭が出てきた。

「なんで、閉めてやがる」

其角は愚痴っぽく言った。

「本日は貸し切りになっておりまして……」

「貸し切り？　嘘つくんじゃねえ」

「ほんとうにございます」

番頭は必死に言い返す。

「誰が貸し切りにしやがった？」

其角がきくと、番頭は後ろに目を遣った。文左衛門と團十郎を確認したようであった。「それは……」

番頭は答えたがらない。

「誰だってきいてるんだ」

其角はきつい口調できく。

「奈良茂さまに……」

番頭の目は文左衛門に向きながら、言いにくそうにしていた。

其角が文左衛門を振り返る。

「いえ、私は別に奈良茂さんのことを憎んだり、恨んだりしていませんから。まだ奈良茂さんが『宇野《うの》』に奉公していた時には、何かと喋っていました」

文左衛門は平然と答えていた。

「奈良茂はここにいるんだな」

其角がきいた。

「はい」

番頭が頷いた。

「なら、一緒に呑みてえと伝えてくれ」

其角が言った。文左衛門と團十郎から異論はなかった。

番頭は二階へ行き、すぐに戻ってきた。隣には奈良茂もいた。

「紀文さん」

奈良茂は文左衛門に馴れ馴れしく挨拶をしてから、

「宝井其角先生でございますね。そして、こちらは市川團十郎さん。何度もお見掛けはしていますが、ちゃんと挨拶をするのは初めてでございますね。以後お見知りおきを」

と、ふたりを交互に見て、折り目正しく頭を下げた。

それから、四人で二階の大きな広間へ行き、朝まで呑み呆《ほう》けた。

だが、どんなことを話したのかは、まったく覚えていなかった。

「先生、あのときのことを思い出せませんか」

二郎兵衛が顔を覗き込むようにきく。

「そのときに、弟子にするとか言っていたのか？」

「そのようです。帰ってきた先生は私にそんな話をしました。奈良茂さんも先生の弟子になったのかと驚いたものです」

二郎兵衛が頷いた。

「まったく覚えていねえな」

其角は首を傾げた。

「それはあんまりですよ」

二郎兵衛が文句を言う。

「だが、奈良茂はわしの弟子だとは、あれから言わなかったぞ」

「言いにくいに決まっているじゃありませんか」

「そうか？」

「そうですよ」

「どうして……」

「そのあたりは、控え目なんでしょう」

二郎兵衛がまるで知ったような口ぶりで、

「ともかく、紀文さんと奈良茂さんの仲が悪いというのは、とんだでたらめですよ。それと、周りが変に気を遣っているだけです」

と、はっきりと言った。

「現に今年になってから、何度か奈良茂さんと紀文さんは一緒に呑んでいるそうです」

と、告げた。

「そうかな」

其角はきき返す。文左衛門はそんなことは言っていなかった。奈良茂のことを聞いたときには、いつも笑ってごまかしている。

「先生、奈良茂さんに変な疑いを持たないでください」

二郎兵衛は釘をさすように言った。

「心配するな」

其角は他のことを考えながら答えた。

第三章　豪商淀屋

一

秋の鳶《とび》が大きく羽を広げて、空高く飛んでいる。吉原の空は雲ひとつなく晴れ渡っていた。遊び客らしい侍の陣笠に、柔らかい陽差しがきらついていた。

大門をくぐったところに、岡っ引きの権太郎が目を光らせていた。

其角は権太郎に近づく。相手も気が付くと、頭を下げてきた。

「お静のことがまだわかっていないのに、新たなことが増えてしまい……」

岡っ引きは困ったように言う。文左衛門が襲われた件だ。

「お静のことは少しはわかったのか」

「いいえ、前に先生に話した以上のことは……。これから、お静と付き合っていた浪人を調べてみようとしたところでした」

「そうか。今回襲われたのは何の意味があったんだろうな」

其角は首を傾げた。

「またしても脅しでしょうか」

「あの毒だけでも、十分に脅しとしての効き目があったと思うが、足りなかったか」

「うーむ」

権太郎は腕を組んで、唸《うな》った。

「紀文の旦那を襲ったのは背の高い、がっちりした体格の浪人と、中肉中背で胴長短足の浪人です。そのうちのひとりはお静と付き合っている浪人と似たような体つきなんです」

「なに」

「ただ、確信があるわけではございませんが」

権太郎は少し自信のなさそうな声で言う。

「その浪人の名はわかっているのか」

「いえ、まだ。ただ、もうひとりの胴長短足の浪人の名はわかりました。神田紺屋町に住んでいた鎌村助蔵という浪人だと思われます」

「どんな男だ」

「藩に勤めていた時のことはまだわかりません。ですが、方々で用心棒をしている男です」

「剣の腕は立つのか」

「そのようです。ただ実戦向きの剣術だそうで。そんな浪人が、一太刀も浴びせないで逃げるというのは、やはり脅し以外の何ものでもありません」

「黒幕は紀文を殺そうとはしていないのだ」

其角は呟く。

文左衛門を脅すとすれば、幕府が絡んでいるのだろうか。これ以上、柳沢に賄賂を渡し、幕府の用材請負を独占しないようにする警告だろうか。

それから、権太郎は御厩の渡しの船頭から聞いたという話をした。鎌村らしい男は舟で大川を下って行った。

探索をしていると、その舟は明石町《あかしちょう》で見つかった。

その後、品川宿で鎌村の姿が見かけられているそうだ。

見かけたのは、以前、鎌村のことを用心棒として雇っていた神田佐久間町《さくまちょう》の酒問屋の主だ。

酒問屋は声をかけたが、「人違いであろう」と一蹴されたそうだ。

「でも、あれは鎌村に違いないと、自信を持って言っていました」

権太郎が決め込む。

鎌村は江戸を発つ時に通りがかったのだろうか。品川なら東海道へ進む。

「すでに箱根《はこね》の関所を越えているってことも」

「ありえます」

「だとすると、捕まえるのが厄介だな」

「難しいでしょう」

権太郎が首をひねる。

「品川でも調べたのか」

其角は確かめた。

「向こうの岡っ引きに任せています。あっしは背の高いがっちりした体格の浪人を追っています」

「お静といい仲の浪人かもしれねえもんな」

「じつは、その後、大門であの騒ぎを目撃した者のひとりが、今になってこんなことを」

権太郎が眉を寄せた。

「なんだ？」

「背の高いがっちりした体格の浪人は『奈良屋』の用心棒に似ていると」

権太郎があまり口を大きく動かさずに言った。小さいが、はっきりしていて、通る声であった。

『奈良屋』の用心棒は、赤穂の高田郡兵衛だ。

嫌な汗が背中に流れた。

「奈良茂の『奈良屋』か」

其角は確かめた。

「ええ」

権太郎が頷く。

赤穂の者たちにとって、敵は吉良上野介だ。しかし、吉良がお咎《とが》めにならなかったのは、柳沢の力が働いたとも考えられる。その柳沢を財政的に支えているのが、紀伊國屋文左衛門だ。

（それで、文左衛門を？）

文左衛門は殺されてもいない。襲うだけでは、高田にとっては何の利益にもならない。奈良茂は高田を駒として使っているだけなのか。

しかし、用心棒は高田以外にもいるかもしれない。

ひと呼吸してから、

「用心棒の名前は？」

と、念のために確かめた。

「高田郡兵衛さまという元赤穂の浪人だそうです。文左衛門さんが襲われた時、何をしていたか訊ねてみると、奈良茂さんと一緒に浅草寺へ行っていたそうです。奈良茂さんは浅草寺の住職と話していて、高田さまは外で待っていたそうです」

「だいたいどのくらいだ」

「半刻（約一時間）ほどだったそうです」

「その間に吉原に行くっていうのは無理があるな」

「ええ。ただ、高田さまに似た人かもしれません。また何かわかりましたら、お報せします」

其角は権太郎と別れると、馴染みの見世に足を向けて歩き出した。

翌日の昼過ぎ、其角は品川の大井にある伊達家下屋敷へ行った。

以前に言われていた茶会である。

主催は先代の藩主、伊達綱宗である。六十二歳でありながら、白髪は少なく、肌艶も良い。目鼻立ちの整った顔で、浮名を流した男である。

容姿が優れているだけでなく、政治の才覚にも溢れ、さらには風流人としても知られる。そればかりではなく、後西《ごさい》天皇の従兄弟《いとこ》であり、朝廷との繋がりも深いことから、昔から幕府に警戒されてきた。

わずか二十一歳のときに、藩内での争いにより隠居させられ、二歳の息子に家督を譲っている。

其角や他の文人からは、隠居している身でありながら伊達公と呼ばれている。

今日、集まった者はというと、其角や同じく芭蕉の弟子の水間沾徳、幕府御用絵師の狩野探信《たんしん》ら著名な文人など、さらに市川團十郎、坂田藤十郎などの役者陣も顔を出していた。

特に、坂田藤十郎が江戸に来たということで、伊達公は会いたいと所望していた。

商人では奈良茂こと、奈良屋茂左衛門の姿もあった。

普段はなんとも思わないが、今日に限っては奈良茂の顔を見た瞬間に、思わず顔をしかめた。

文左衛門が襲われたということで、もしや奈良茂が裏にいるのかという気持ちがほんの少しあった。だが、奈良茂がどうあれ、文左衛門が襲われるのであれば、柳沢吉保が絡んでいるに違いない。岡っ引きの権太郎も、其角と同じ考えだったことで、やはりそう見るのが正しいのだろうと感じていた。

伊達公の会はいつものように茶を点てたり、俳諧などを嗜みながら進んだ。それらが終わると、酒宴に移った。

酒宴の途中で、

「そういえば、上野介がお屋敷を移転するそうだな」

伊達公が思い出したように言った。

知らなかった者も多くいたようで、その場に驚きが広がった。

「まだ噂でしかないのでは？」

其角がきいた。

「いや、本所松坂町の屋敷に移ると聞いている」

伊達公は、はっきりと言った。

宗徧が報せてくれたことと同じだ。

「よりによって本所なぞ……」

誰かが呟いた。

「確かに、呉服橋から本所へ移転するというのは、わしが上野介の立場だったら気に食わないだろうな」

伊達公が頷く。

「ええ、そうですとも。本所なんかに移すっていうのは、吉良さまを遠ざけたいという思惑にしか見えません」

奈良茂が言った。

「遠ざけたい……」

其角は口の中で、小さく呟いた。

たしかに、呉服橋に屋敷があるとなれば、城のすぐ傍であるし、いかにも幕府の中枢を担っている者が住む場所と感じられる。しかし、本所となれば、遠ざけたとも考えられなくはない。

「上野介は出羽守に嫌われたな」

伊達公が渋い声で、柳沢の名前を出した。

一同は黙っている。伊達公は隠居という立場で、もしもこの発言が柳沢に漏れたとしても、さほど問題にはならないが、他の者たちは違う。柳沢に逆らえば、幕府に逆らったことにされて、牢に入れられるかもしれない。

伊達公は、座敷を見渡して、さらに続けた。

「いま政を司《つかさど》っているのは出羽守だ。もし、出羽守が上野介を必要とすれば、もっと近くにいさせておくはずである。それに、赤穂の浪人たちが仇討ちを企んでいるかもしれぬというのに、本所に移転させるのは問題がある」

「仇討ちのことは気づいていないということも」

「まさか、用心深い出羽守が気づかぬはずがない。これは態《わざ》とであろう」

伊達公は決めつけるように言った。

場は再び静まり返った。

なぜか、皆の目が其角に向いていた。

「柳沢さまが、吉良さまを嫌う理由がありますか」

其角は沈黙を破るようにきいた。

「ある」

伊達公は大きく頷いた。

「なんですか？」

其角はすかさずきいた。

「松の廊下の時のことだ」

伊達公は言い、

「あの時に、出羽守は内匠頭を即日切腹にした。目付《めつけ》の多門伝八郎《おかどでんぱちろう》ら四名が、将軍の下知なら従うが、出羽守が決めたことなら従わぬと言ったのにだ。そして、即日切腹。しかも、上野介には咎めはなし。これでは、赤穂の者たちが上野介に対して反感を募らせるであろう。出羽守はわざと赤穂の者たちを怒らせることで、上野介に仇討ちさせようとしておるに違いない。そして、今回の移転は、赤穂の者たちに、『さあやれ』と言っているようなものではないか」

と、次第に声が大きくなった。

「まあ、近いうちにわかる」

伊達公は決め込んだ。

会が終わったのは、七つ(午後四時)過ぎのことだった。

其角が伊達公に話しかけに行こうとしたとき、奈良茂が其角に近づいてきた。

「紀文さんが吉原で襲われたと聞きまして」

奈良茂のほうから切り出してきた。

「ああ」

其角は短く答えた。

「まだやった者はわからないのですか」

「さあ」

「そうですか。心配ですね」

奈良茂が声を落とす。

「おまえさんが文左衛門のことを心配するとはな」

「どういう意味です？」

奈良茂は笑顔できき返す。

「文左衛門のことは快く思っていないだろう」

其角は決め付ける。

「いえ、まさか」

奈良茂は驚いたように首を横に振り、

「世間で様々なことを言われているようですが、まさか先生までがそんなことを思っているとは驚きです」

と、心苦しそうな表情をする。

「ほんとうのことではないのか」

「まったくのでたらめです。どうして、私が紀文さんを嫌いましょう」

「あいつと張り合っているじゃねえか」

「それとこれとはまた別のことです。『奈良屋』と『紀伊國屋』がしのぎを削っているからこそ、江戸が発展しているのでございます。これが『奈良屋』だけ、もしくは『紀伊國屋』だけでは数ある仕事を到底さばききれませんし、『奈良屋』ができないことは『紀伊國屋』に回して、逆もしかりでございますが、そのように持ちつ持たれつの間柄でいるわけでございます」

奈良茂は息を継いでから、さらにつづけた。

「近頃、私たちのような金持ちに対する不満というのが随分とあるようです。なにも泥棒で稼いでいるわけではありませぬのに、世間の目は厳しいものです。もっとも、金の世の中になって、豪商と呼ばれる者たちが裕福になればなるほど、恨みは増えるのでございましょう。紀文さんが襲われたなら、次は私が狙われてもおかしくありませんから」

奈良茂は笑顔で返す。

ちょうど、その時、奈良茂の肩越しに伊達公と目が合った。話があると言わんばかりの目をしていた。

其角は目配せで返す。

奈良茂は察したのか、頭を下げてその場を離れて行った。其角が伊達公のところへ行くと、

「お主にだけ言うがな」

伊達公は前置きをしてから、

「八月十三日に屋敷替えを拝命したようだ。上野介は受けざるをえないだろう」

と、告げた。

「もし従わぬ場合は？」

「上野介の職は剥奪されるだろう。最悪の場合、御家取り潰しにさえなりかねぬ」

伊達公は言った。

「では、先ほど伊達公が仰ったように、赤穂の者たちが仇討ちしやすいように屋敷替えをさせると？」

「わしはそう考えておる。まあ、そのうちにわかる」

伊達公は何やらわかりきっているかのように言った。

大井の屋敷を出ると、再び奈良茂と出くわした。

奈良茂の隣には、屈強な体つきの高田郡兵衛がいる。

高田は其角を見て、軽く頭を下げた。

「先生、高田さまが疑われていることはご存じですよね」

奈良茂がわかりきっているように言った。

「岡っ引きから聞いた。ただ、疑われているといっても、容姿が似ているというだけで、本気で高田さまだと思っているわけではなさそうです」

其角が高田に顔を向けて答える。

「仕方ないことですが……」

高田は苦い顔をした。

「先生、私は紀文さんと決していがみ合うわけではなく」

奈良茂がむきになって言う。

「何度も言わなくてもわかっている」

其角はうるさそうに言う。

「なら、いいのですが。伊達公は素直に信じてくださるのですが、以前にも増して、他の方々の私を見る目がなんとも疑っているようでして」

「仕方ねえ」

「それでは、私がまるで悪者のようではありませんか」

奈良茂が不満そうに言う。

「お前さんも暴利をむさぼってきたんだ。多少、悪く言われなけりゃ、不公平だ」

其角は当然の如く言った。

「しかし……」

奈良茂はどこか納得いかない様子だ。

「疑いを晴らしたいなら、いっそのこと、お前さんも自ら紀文を襲った奴を探せばいいじゃねえか」

「いえ、商売の方が忙しくて」

「金があるなら、誰か雇えばいい。浪人たちを金で集めて、鎌村助蔵ともうひとりを探させればいいじゃねえか」

其角は思いつきで言った。

奈良茂は「なるほど、その手がありましたか」と、やけに感心している。

途端に、目つきが変わった。

「先生も手伝って頂けますか」

「出来ることはたいしてねえが」

其角は答えてから、

「そんなに世間に嫌われたくないか」

と、きいた。

「紀文さんの為を思ってのことですよ」

商人らしく、にこやかにうまく躱した。

「先生、もしこのあとよろしければ品川で休んでいきませんか？　海が見えるいい料理茶屋がありまして」

奈良茂が誘ってくる。

「いや、止《よ》しておく。また、会おう」

奈良茂と別れ、其角は駕籠に乗った。

二

其角は、奈良茂の誘いを断っておきながら、駕籠かきに品川宿に行くように伝えた。

大井から品川は目と鼻の先だ。品川浦の船溜まりで駕籠を下ろしてもらうと、そこで待つように指示した。

注意深く道の左右を見ながら、宿場の栄えた場所まで向かう。途中で、宿場の若い衆や、料理茶屋の番頭などに声をかけられながら、半年ぶりの品川を見渡していた。

半刻（約一時間）ほど歩き回り、南品川の利田《かがた》神社に差し掛かった時、色白の線の細い遊び人風の男が鳥居から出てきた。目が大きく、幼い顔つきだが、「あ、先生」と、やや気が引けた様子で挨拶をする声が見かけによらずやけに太い。

「青大将、探していたぜ」

其角は呼びかけた。

この男の本当の名を知らない。背中の彫り物から青大将と呼んでいる。

「商売はどうだ」

「まあ、相変わらずです」

青大将は苦い顔をする。

ほとんどの者がこの男の正体を知らない。こんな顔立ちで、追剝《おいはぎ》のような真似をしている。狙うのは、武士ばかりだ。

誇り高い武士が、追剝に遭っても、被害を訴えることはない。だから、いつまでもこの男が同じ場所でやっていける。もちろん、かなり腕が立つから出来ることだ。以前は旗本の中間をしていたことがあるようで、武士の世界に詳しい。そんなことをしていながらも、なかなか信心深く、盗んだ金の一部は必ず喜捨する。


「ところで、紀文が襲われたようですね」

青大将が切り出した。

「どこで聞いた」

「方々で、その話で持ちっきりですよ」

「お前さん、何か知っているのか」

「知らないわけでもありません」

「なんだ」

其角は顎で促した。

「紀文とは親しい先生のことですからね。ここに来るんじゃねえかと睨んでいましたよ」

「でたらめを」

「いえ、本当です。襲った浪人は品川へ逃げているんでしょう?」

「一体、誰に聞いた?」

其角はもう一度確かめた。

浪人が品川まで逃げてきていることを知っているはずはない。吉原の岡っ引きが世間に手の内を明かすようなしくじりはしないはずだ。

知っているとしたら、他の岡っ引きから話が伝わってきたか。

だが、青大将は不敵に笑うだけで、誰に聞いたのか答えることはなかった。

「まあ、あっしの力をみくびらないでください」

「お前さんは目ざとい。だから、来たんだ」

「そう褒めてもらうと、なんだか照れくさいですがね」

青大将は口先だけでそんなことを言い、目は他のことを求めているようだった。

「紀文を襲った者を捕まえれば、いくらもらえるんでしょうかね。百両や二百両どころじゃありませんかね」

其角が口にする前に、青大将は吹っ掛けてきた。

「俺を当てにするな」

「ええ、紀文が出してくれるんでしょう?」

「違う」

「え？」

青大将は拍子抜けした声を出す。

「あいつはこの件に関して、動こうとはしない」

「じゃあ、先生が紀文を想うあまりに勝手に？」

「そんなんじゃねえ。ただ、金のことなら奈良茂が出してくれるだろう」

「奈良茂が？」

青大将はまた驚いたように、きき返す。まだ状況がつかめていないのか、考えを巡らせている目をする。

「もし知っていることがあれば教えてくれ」

其角は素直に頼んだ。

「わかりました。先生に騙されることはないでしょうから言いますが」

青大将は急に言葉を止め、

「まず初めに言っておきますが、紀文を襲った人物が誰なのかはわかりません。ただ、ここ五日間くらい、『安芸屋《あきや》』という旅籠《はたご》の二階の賭場に見たことのない浪人が顔を出しています」

と、言い直した。

「どんな浪人だ？」

「中肉中背で胴長短足、いかつい顔をした浪人です」

鎌村助蔵だ、と其角は胸が高鳴った。

「おそらく、その浪人は鎌村だ。それにしても、鎌村はどうして品川でぐずぐずしていたのか。品川まで来たのなら、さっさと東海道に逃げればいいものを」

其角は、首を傾げた。

「その浪人は、『安芸屋』の女郎にすっかり逆上《のぼ》せてしまったんですよ。居続けたあげく、金がなくなり、博打で稼ごうとしているんです。少しくらい遊んでいってもいいと高を括《くく》って、やがてどつぼにハマるなんてよくあることですぜ」

「奴はまだ品川にいるか」

「いるでしょう。女郎に夢中ですから」

「金は？」

「博打でだめなら、追剝とかに手を染めるんじゃないですかね」

「お前の稼業と同じだ」

「ええ、誰にでもできることですが、そう容易に稼げるほど甘いもんじゃありませんから。それより、鎌村に会っていきますか」

青大将は蛇のような目をして、其角を窺っていた。

「ききたいことがあるが、俺が問い詰めてもほんとうのことを言うとは思えない」

相棒の浪人が高田郡兵衛かどうかだ。

「権太郎って岡っ引きに引き渡す。ただ、それまで逃げられないようにしたい」

「任してください。品川から出ていかないように見張っていますから」

「よし、頼んだ」

「その代わり、謝礼のほうを頼みますぜ」

青大将は卑屈に言った。

其角は少し不安を抱えながらも、品川を後にした。

夜に江戸座へ戻ると、

「近松先生からお便りがありまして」

と、二郎兵衛が文を差し出した。

昼間に、近松の遣いの者が来たらしい。

文左衛門のことだろうかと思って中を開いてみた。

すると、そろそろ大坂に帰る日が迫ってきているので、早く堀部安兵衛を紹介してほしいという内容だった。

「遣いの話ですと、もう五日くらいしたら、江戸を発つ予定だそうです。もっとも、必ずそうするというわけではなさそうですが」

二郎兵衛が言う。

「それにしても、面倒なことを引き受けちまった」

其角は若干、後悔した。

「面倒なこととは？」

「堀部さまのことだ」

「堀部さま？」

「お前に話していなかったか」

「初耳にございまする」

二郎兵衛はきつい目をして答えた。

ただでさえ、その場の流れで頼み事を引き受けてしまう癖があるので、そのようなことがあれば、二郎兵衛に相談するという取り決めになっていた。

それは、何も二郎兵衛とふたりだけの決めごとではなく、他の其角の弟子たちも、

「うちの師匠は情に厚く、流されてしまうことがあるので心配だ」と、二郎兵衛にいわば見張るように頼んでいた。

「堀部さまを紹介してほしいってことだ。この間、吉原で言われていたんだ」

其角は面倒くさいと思いながら、二郎兵衛に話した。

「仇討ちのことを聞くのでしょうか」

「どうだろうな」

「先生は、仇討ちをするべきだと？」

「いや、俺はそんな……」

あの刃傷は内匠頭の病気が原因だ。吉良は仇ではない。しいて仇といえば、即日切腹を命じ、浅野家を断絶させた将軍と柳沢出羽守だ。

だが、其角は、赤穂の者たちは吉良を討つつもりではないかと思っている。表向きは仇討ちだが、実際は違う。其角は大石の腹の内を推量していた。

「いつも、誤魔化そうとなさいますが」

二郎兵衛が顔をしかめて言う。

「そりゃあ、適当なことは言えん」

「ですが、どちらかというと、赤穂の方々のお味方をしている節が見受けられます」

「俺が肩入れをしているだと？」

「ええ」

「つまらねえことを言うんじゃねえ」

其角は急にむっとなって言い返した。

「ですが、傍目《はため》にはそう見えます。ですから、それで幕府に目をつけられないようにお気をつけていただきませんと」

「赤穂には知り合いも多いが、吉良さまの方にだって、何の関わりもないわけではない。どちらかに肩入れすることもねえ」

其角は邪険に答えた。

そして、二郎兵衛から逃げるように台所に行き、自分で徳利と湯呑みをとって部屋に戻った。

翌日の朝、其角は江戸座を出た。

駕籠に乗って、本所の堀部が暮らす裏長屋へ行く。ふた月ばかり前までは高田郡兵衛、早水藤左衛門《はやみとうざえもん》の三人でひとつの長屋を借りて暮らしていたが、いまはひとりで住んでいる。

そこに、一度だけ行ったことがあった。仕官していた時にそろえていた家財道具は全て売り払ったという。

仕官先を見つけなければならないと言いながらも、まだどこにも仕えていない。

堀部の住まいへ行くと、生憎、出かけているらしかった。

そこで、しばらく待った。

井戸端で遊んでいた男の子ふたりに、

「ここに住んでいるお侍のことを知ってるか」

と、きいてみた。

「知ってるよ」

どちらも明るい笑顔で答えた。

「どんな方だい」

「感じのいいお侍さんだよ。おっ母さんは、普通の侍とは様子が違うって言っているんだ」

ひとりが答えた。

「きっと剣の達人なのさ。この前、空地で素振りをしているのを見たけど、すごかった」

もうひとりが目を輝かせて言う。

「よく他のお侍さんが来るようなことは？」

「いや、あまりないよ」

「じゃあ、堀部さまをここの辺り以外で見かけたことは？」

「それもないよ」

色々と堀部のことをきいていると、やがて堀部が長屋木戸《きど》をくぐってきた。

「先生」

堀部は驚いたような声を上げていた。

「少し堀部さまにお話がございまして」

「話……」

堀部の顔が硬くなり、

「拙者が京に行ったのは、仕官先を探しに行ったまででございますが」

と、言い訳がましく言った。

「いえ、そのことではございません」

「では、先日の吉良の屋敷が移ったことで？」

「いえ」

其角は首を横に振ってから、

「実は近松門左衛門という上方の戯作者と、坂田藤十郎という役者がいるのですが」

と、言った。

「お名前は存じております」

「そのふたりが堀部さまにお会いしたいと」

「拙者に？ またどうしてでございましょう」

堀部はひと安心したように顔を緩めたかと思うと、また急に厳しい顔つきになった。

「せっかく江戸に来たのだから、英雄を見たいとのことで」

「英雄……」

堀部は考え込むように息を大きく吸い、虚空を鋭い目つきで見つめた。

「いかがでしょう」

其角は促した。

堀部はまた少し考えた。

外で鳥が喧嘩する声が聞こえる。

「わかりました。会いましょう」

堀部は思い切ったように言った。

「会っていただけるので?」

其角は意外そうにきいた。

「ええ」

「では、明日か明後日は?」

「拙者はいつでも。なんなら、本日でもよろしいですが」

堀部が言った。

なぜ、堀部は応じたのか。英雄という言葉を信じたのか。其角は堀部の心を量りかねた。

三

そして、その日の昼下り。

江戸座に近松門左衛門と坂田藤十郎がやって来て、少し遅れて堀部が現れた。朝方会ったときよりも、身なりがよかった。

少し伸びていた月代も、綺麗に剃っていて、たしかに役者張りであった。

「おお」

藤十郎は堀部が部屋に入ってくるなり、声を上げた。堀部の頭のてっぺんから足のつま先までじっくり見つめて、思いを巡らせているようだった。

「堀部さまの御高名は遠く上方まで届いています」

近松も今までに見たことのないくらい丁寧な物言いであった。

堀部の顔に緊張が見えた。もしかしたら、警戒に近いものなのかもしれない。

其角がお互いを引き合わせる必要はなかった。

あまり堀部の方からは話すことなく、聞かれたことに対して無難な返事をする程度であった。

「ときに、堀部さまは主君の仇をいつ討つつもりで？」

近松がまじまじときいた。やはり、そのことを話題に出した。

「いえ、そのようなことは考えておりませぬ」

堀部は即座に答える。

「しかし、世間は待っておりますぞ」

近松が焚きつけるように言う。

「しかし、今さら……」

「もし何か必要なことがあれば、いつでも仰ってください。其角先生を通してでもよろしいですし、他でも」

「……」

堀部は何も答えず、ただ真っすぐに近松を見ていた。

「実はもうひとり、堀部さまにお会いしたいと仰ってる方がおりまして」

近松が言った。

「どちらさまでしょう」

堀部は警戒気味にきいた。

「上方の商人です。いまちょうど江戸に来とりまして」

近松は笑顔で言った。

堀部はじっと近松を見たまま、表情を変えない。堀部が口を開く前に、「その商人ってえのは、誰なんだ」と、其角が訊ねた。

「先生の知らない方でございますよ」

「名前は？」

「まあ、それはええではありまへんか」

近松は濁す。

「それより、堀部さまのご都合がよろしければ、明日にでも」

近松が言うと、堀部は其角に顔を向けた。

なにか訴えかけるような目をしている。信頼してもよいのか、きいているようにも思えた。

「せめて、その商人の名前くらいは教えてもらおう」

其角は言った。

「困ったもんや」

近松がため息をつき、藤十郎と顔を見合わせる。

「なんで答えられねえんだ」

其角の口調が自然と厳しくなった。

「やましいことがあるわけやないですが、先方から詳しいことは言わへんように口止めされてまんのや」

近松は心苦しそうに答えた。

嘘はついていないだろうが、その話を聞いたところで、釈然としない。

「堀部さまは次の仕官先をお探しになっている最中で、あまり下手なことはできない」

其角は堀部に代わって答えた。

「そこまで言うなら、仕方ありまへんな。淀屋《よどや》さんっちゅう、商人や」

「淀屋？」

「ほら、先生もご存じないでしょう。だから、言ったところで」

「いや、どこかで聞いたことがあるような」

「そうでっか」

近松は軽く頷いてから、

「堀部さま、如何でしょう。明日、また場を設けても？」

と、きいた。

「わかりました。拙者が行って何になるわけでもございませんが、暇を持て余している身ですから」

堀部は承諾した。

すると、近松と藤十郎はほっとした顔をする。

その話が決まると、近松と藤十郎はもう帰ると言い出した。

「せっかく、酒を用意したから呑んでいけ」

其角は勧めるが、他に行くところがあるからとさっさと帰って行った。

その態度が面白くなく、

「こんなことなら、堀部さまを紹介するんじゃなかった」

と、堀部も帰ってから、二郎兵衛に愚痴をこぼした。

「まあ、おふたりのお気持ちもわからなくはありません」

「なに？」

「せっかく江戸に来ているのですから、先生ばかりでなく、会いたい方々は大勢いらっしゃるでしょう。なにしろ、人気者のおふたりですからね」

「だけどよ」

「先生だって、上方にいったら、きっとそうしていたでしょう」

「俺はもっと義理堅い」

其角はきつく言い返した。

「そこは大目に見てあげたら如何ですか？」

「……」

「それとも、商人のことで隠し事をされたから怒っているんですか」

二郎兵衛は見越したようにきく。

「いや」

其角は首を横に振ってから、

「淀屋っていうと、どっかで耳にした名前のような気がするんだ」

「上方の豪商に淀屋辰五郎《たつごろう》さんという方がいらっしゃるというのは聞いたことがあります」

「淀屋辰五郎。もしかして……」

「心当たりが？」

「ああ。だが、上方の事情には疎いからな」

「なんなら、探ってきましょうか」

「あいつらが教えてくれねえだろう」

「いえ、この辺りにも上方に店を構える呉服商や酒屋が何軒かありますから」

二郎兵衛は江戸座を出て行った。

半刻（約一時間）ほどして帰って来た。

「先生、わかりました。かなりの大店ですよ」

聞けば、『淀屋』は豊臣の頃から材木商として名を上げ、青物市、雑魚場《ざこば》市、米市を支配して、清からの生糸の輸入や、西廻り航路を担うほどの豪商だという。

そういえば、師匠の松尾芭蕉が危篤と聞き、上方へ行ったときにそんな話を聞いたような気がした。

「相当な財産を持っているようです」

「やっていることからすると、『紀伊國屋』や『奈良屋』とは比べ物にならないくらいの豪商かもしれねえな」

「ええ、日本一といっても過言ではないそうです」

「だが、門左衛門や藤十郎が『淀屋』に世話になっているってのは初めて聞いた」

其角は呟くように言う。

「もしかしたら、近頃のことなのかもしれません。それに、いま『淀屋』は当主の座が空いているそうです。といいますのも、先代が早くに亡くなりまして、その子どもはまだ十七と若く、十八になるまでは元々大番頭をしていて、いまは暖簾分けして、同じ『淀屋』を名乗っている牧田仁右衛門《まきたじんえもん》さんという方が本家の『淀屋』を回しているそうでございます」

「では、いま江戸に来ている『淀屋』っていうのは」

「どうなんでしょう。若旦那が来ているのか、それとも仁右衛門さんなのか」

「またあいつらに聞いてみないとならねえな」

其角はぽつんと言った。

「そんなに気になりますか」

二郎兵衛がきく。

「あいつらの動きがちょっと妙に思えるんでな」

「妙とは？」

「あいつららしくねえというか、何か腹に一物あるような気がしてならねえ」

「でも、それは先生の思い込みでは？」

「そうかもしれねえが、なんとなく引っ掛かるんだ」

物事をすべて筋道をつけてしか考えない二郎兵衛には、到底わからないだろうと、腹立たしく思いながら答えた。

二郎兵衛は其角の顔をじろりと見て、何も言わずに引き下がった。

なんともいえない気分の悪さを覚えた。二郎兵衛のせいではなく、門左衛門と藤十郎、ひいては『淀屋』が堀部に近づく訳が、あの刃傷のことに絡んでいるような気もした。

自分には関係ないことだが、もしそうだとしたら、自分としても放っておけない。

どちらの味方をするわけにもいかないが、どうもじっとしていられない。

「散歩してくる」

其角は気を紛らわせるために、外に出た。

虫の音が神田川の川沿いから聞こえる。朝は少し肌寒いくらいであったが、今は風も爽やかで心地好い。

其角が柳橋あたりを歩いていると、

「先生、先生」

突然、後ろから呼び止められた。

どこかで聞いたことのあるような声だった。

振り返ると、小太りで、脂ぎった顔の四十男がいた。

「誰だっけ」

其角は首を傾げた。

「嫌だな。忘れちまったんですか。野太鼓の金六《きんろく》ですよ」

「え？」

其角は思わず目を凝らした。

以前会ったときに比べてだいぶ太ったが、薄い八の字眉や、つぶらな瞳がまさにそうであった。

「随分儲けてんのか」

其角は苦笑いする。

「その逆ですよ」

「逆だと？　なら、そんなに太らねえだろう」

「いえ、なんでかわからないんでございますが、急にぶくぶく太ってしまって……。そのせいで、仕事ができなかったんでございますよ」

金六は頭を搔いた。

「いつから復帰したんだ」

「つい先日でございます」

金六は首をすくめた。

最後に会ったのは、深川であった。

行きつけの女郎屋を出たところ、金六に出くわした。買ったばかりの下駄を褒められて、鰻《うなぎ》をおごるはめになった。それから、この男が吉原に行きましょうというので、文左衛門を連れて行った。

「今日はどうしたんですか？」

金六がきく。

「これから、ちょっとな」

「もし御用があれば、あっしが賑やかしに……」

「いや、そういう場じゃねえ」

其角は真顔で言い、歩き出した。

金六は慌てたように付いてくる。

「ちょっと待ってください。どなたとお会いになるのですか」

「おまえさんには関係ねえだろう」

「先生のことなら知っておきたいじゃありませんか」

「おだてたって何も出ねえぞ」

「いいんですよ。あっしがしばらく働いていなかった間、どんなことが起こったか、
先生に色々おききしたいんです」

「別に何も起こってねえ」

「またまた」

金六は笑い飛ばしてから、

「実は先生とここで会ったのも偶然ではございません。ちょっと、お耳に入れたいことがございまして」

と、急に真剣な表情になった。

「紀文の旦那のことですが……」

「なにか知っているのか」

其角は足を止めた。

野太鼓といえども、顔は広い。元は吉原で人気のあった太鼓持ちだ。それに、改めて金六を見てみると、大事なことを話したいような面持ちであった。

「ちょっと気になったのは、先日、大川に『紀伊國屋』の船が二艘浮かんでいたのです」

「そんなのは、別におかしい話じゃねえ」

「いえ、その船の中にいた方々が……」

金六はやけに含みを持たせた言い方をする。

「ちょっとお耳を」

と、急に低い声で言った。

耳を近づけると、

「先生は上方の『淀屋』をご存じで？」

「名前くらいは」

其角は様子を窺うように答えた。

「あっしは一時期、そっちにいましたから」

「で、その『淀屋』がどうした」

「そこでお番頭をしていた牧田仁右衛門さまという方がいたんですよ。ちなみに、牧田さまは分家で『淀屋』という同じ名前の店を営んでいますが、先代がお亡くなりになってからは、次の当主が十八になるまで、牧田さまが代わりに店を切り盛りしているのでございます」

「だが、その牧田仁右衛門がいたからって、何なんだ」

「江戸で一番の豪商と、上方、いや日本一の豪商が大川で密会しているんでございますよ。あの襲撃に何か関わっているに違いありません」

金六は気張って言う。

「お前の憶測なんか、当てにならねえ」

其角は一蹴した。

だが、ここに来て、また『淀屋』の名前を聞くとは思わなかった。

関わっていないとは限らない。

そして、『淀屋』の牧田仁右衛門は赤穂の堀部安兵衛と会いたがっている。

ただ、天下にその名が轟《とどろ》いているから会いたいわけではないだろう。

一瞬、堀部が紀文を襲う光景が目に浮かんだ。しかし、すぐにそれは違うと思った。

堀部が仇と思うのは、吉良上野介に他ならない。紀文を襲う道理がない。

それに、金で雇われるということも、確信はないが、ありえないと思っている。

「まさか堀部さまがな」

其角は思わず心の声が出た。

「え、堀部さま？」

金六は耳ざとく、きき返した。

「いや」

「先生が堀部さまといえば、高田馬場の決闘で有名な堀部安兵衛さまでございますね」

「お前の聞き違いだ」

「そんなはずはありません。堀部さまが一体、なんだというのですか」

金六は食らいついてきた。

「だから」

其角は呆れたように、ため息をついた。

「先生、誤魔化さないでくださぃ」

金六が真っすぐ見つめる。

目をかっと見開いて、獲物を狙うように外さない。

「その牧田仁右衛門が、今頃、堀部さまと会っている」

「どうして、それを？」

「まあ、俺が牧田の知り合いに頼まれて、紹介したんだ」

「あの旦那の知り合いといいますと……」

金六は少し考え、

「もしや、近松門左衛門さまでございますか」

と、閃《ひらめ》いたように膝を叩いた。

「ああ」

「でしたら、役者の坂田藤十郎さまもご一緒で」

「そうだ」

其角は驚きを顔に出さずに答えた。

金六はいたずらっぽく、へへと笑い、

「先生。あっしもなかなか侮れないでしょう？」

と、顔を近づけてきた。

其角は金六の肩を押し返す。

「堀部さまに限らず、他の赤穂の方々ともこれから会うんでしょうかね」

金六は意味ありげに言った。

「赤穂の方々がどうしたっていうんだ」

「これは討ち入りをするということなのでしょう」

「お前は何を言っているんだ」

其角が突き放すように答えると、

「皆さん噂していますよ。先生が知らないはずございません」

金六は言い切った。

「ただの噂だ」

其角は打ち切り、金六と別れた。

だが、他の赤穂の方々ともこれから会うんでしょうかね、という金六の言葉が気になっていた。

四

ふつか後。七つ（午後四時）前、其角は八丁堀の『紀伊國屋』に顔を出した。吉原に行く前に寄って行こうと思っていた。急に、今夜は文左衛門を交え、近松門左衛門と坂田藤十郎の四人で会うことになったのだ。

『紀伊國屋』の店先では、多くの奉公人があくせく働いていた。

番頭が其角に気づき、

「先生。どうされましたか？」

と、きいてきた。

「文左衛門はまだいるか」

「まだだと思います。ついさっき、出かける支度をしていましたが」

番頭が首を伸ばし、店の奥の方を覗くように見た。

すると、少し先にいた奉公人が番頭に気づいた。

番頭が手で何やら合図をすると、急いで奥へ下がった。それからすぐに、文左衛門がやって来た。

顔色はよく、体も丈夫そうであった。

「先生、何か」

文左衛門がよそよそしく言う。

「二度も危ない目に遭っているので心配になったんだ」

「心配？」

「いっしょに行こうと思ってな」

其角が真剣な眼差《まなざ》しで言うと、

「先生」

文左衛門が笑い出した。

「なにがおかしい」

「私は小さい子どもではございませんよ。そこまで心配には及びませんよ」

文左衛門は軽い口調で答える。

「だが、また同じことが起こらないとも限らねえ」

「でも、先生がいたところで変わりませんよ」

「なら、お前も用心棒を付ければいいじゃねえか」

其角は文句を言う。何度か勧めたことがあったが、自分には似合わないだの、見張られている気がして嫌だの、何かと理由を付けて断られる。

「いえ……」

今日もまた断ってきた。

其角は呆れたような目を向ける。

「先生、せっかくなんで一緒に行きましょう」

「またあの目立つ駕籠で行くのか」

「いえ、あれは直さないといけませんから」

「襲われたときに、壊れたのか」

「ええ、駕籠かきが落とした時に……」

「そもそも、なんであんな目立った駕籠に乗ったんだ」

「名を広めるためですよ」

「馬鹿なことを……」

「でも、こんな馬鹿げたことでも、名前を知ってもらうのが大切なんですよ」

文左衛門は急に胸を張って言った。

「十分に名前は知られているだろう」

「いいえ、まだまだ。上には上がいますから」

「誰のことを言ってる?」

「まあまあ」

文左衛門は答えたがらない。

「もしかして、上方の『淀屋』のことを気にしているのか」

其角は突っ込んできいた。

「……」

文左衛門は、にたりと笑うだけで答えない。

「命あっての物種《ものだね》だ」

其角は付け加えた。

「先生は心配し過ぎです。たとえ、襲われたとしても、また助かります。神のご加護がありますから」

文左衛門はあっけらかんと言う。

自分は他人とは違う。嵐の中を船で渡ったときだって、大波に呑まれたが生きていたし、野盗に襲われたときにも落雷が野盗を直撃し、金も盗られずに済んだという話を耳にたこが出来るほど聞かされてきた。

「ともかく、おまえさんは狙われているってことを自覚しなきゃいけねえぞ」

其角は強く言った。

文左衛門の顔が徐々に厳しくなる。

「誰か私を狙うひとをご存じなので？」

文左衛門が低い声できいてきた。

「柳沢さまとの仲を好ましく思わねえ者だっているだろう」

其角は当然のように答える。

「ですから、それは誰なんです？　先生に直接言ってきたんですか？」

文左衛門が其角の目をじっと見る。

「わしが知りてえくれえだ。おまえのことが心配だから」

「先生、もしご存じだったら仰ってください。水戸さまですか？　それとも、伊達公で？　はたまた、吉良さまや赤穂の方々だとか……」

文左衛門が次から次に名前を挙げる。

其角の態度で判別しようとしているのか、目を逸らさなかった。

「わからねえが、おまえさんが心配ないっていうなら構わねえ」

其角が答えると、文左衛門は奉公人のひとりに駕籠を用意するように指図した。

それほど掛からないうちに、奉公人が戻ってきて、「用意ができました。裏口に控えております」と告げた。

ふたりは『紀伊國屋』を出た。

生ぬるい風が、其角の肌を撫でつける。夕陽が妙に赤く、鳥がやたらと鳴いていた。やけにうす気味悪い。

どこからか、犬が甲高く吠える声もする。

其角は駕籠に乗る前に辺りを見渡した。

「どうしたんです？」

文左衛門がきく。

「なんか嫌な気がしてならねえんだ」

「嫌な気？」

「犬がやけに鳴いているのも……」

「近頃、この辺りで野犬に餌をやってる老人がいるんですよ。そのひとのせいで、もうやたら群がって、うるさいんです」

文左衛門は平然と答え、

「まあ、とにかく乗ってください。行きましょう」

と、促してきた。

其角はもう一度睨みを利かせるように見渡してから駕籠に乗った。

四半刻（約三十分）ほどして、ふたりを乗せた駕籠が吉原大門前に到着した。其角は駕籠から降りる前に、「怪しい浪人はいねえか確かめてくれ」と駕籠かきに言った。

「誰も怪しい者はおりませんよ」

駕籠かきが答える。

それを聞いて、其角は駕籠から降りた。

続いて、文左衛門も後方の駕籠から出てきた。

「ほら、何もなかったでしょう」

文左衛門が言ってきた。

「わしがずっと睨みを利かせていたからだ」

其角が答える。

「また強情なんだから」

文左衛門は笑って答える。

ふたりは大門をくぐる。文左衛門は権太郎から快気祝いの声をかけられていた。

文左衛門が探索の状況をきくことはなかった。

「まだわからねえのか」

其角がきいた。

「すみません。ずっと、その探索に当たっているんですが」

権太郎は申し訳なさそうに言う。

其角はそれ以上きくことはなく、仲之町を歩いた。

揚屋町の『美作屋』に辿《たど》りつく。

表にいた若い衆に導かれて、店に入る。来る頃合いを見計らっていたかのように、
女将《おかみ》や番頭やその他の若い衆まで勢ぞろいで出迎えた。

「今日も貸し切ったのか」

其角は履物を脱ぎながらきいた。

「ええ」

文左衛門は当然のように頷く。

「だが、直前だったから、先に座敷を押さえていた者たちだっていただろう」

「お願いしました」

「安くねえはずだ」

「まあ、金のことはいいじゃないですか」

文左衛門は笑って、女将に案内されて二階へ上がった。其角も文左衛門の後ろをついていく。

階段を上がり、長い廊下を進む途中で、

「もうお連れ様はいらっしゃっています」

と、伝えられた。

この間と同じ、一番大きな広さの座敷に通された。

すでに、近松門左衛門と坂田藤十郎が席についていた。

座敷に足を踏み入れると、藤十郎が立ち上がって、折り目正しくお辞儀をした。

文左衛門はふたりに長らく会っていなかった旨の挨拶をした。

宴会が始まった。

まず太鼓持ちが場を盛り上げて、それから芸者衆が踊る。藤十郎は前回と同様、目を輝かせながら、芸者衆の踊りに見入っていた。

踊りが終わると、

「そんなに見られると恥ずかしうございます」

一番若い芸者が藤十郎に言った。この間はいなかった芸者だ。なかなか肉付きがいいと、其角は目を細めた。

「なに、こいつは役者やけど踊りが下手なんや」

近松が笑い飛ばして言った。

それから、また芸談に入った。傍で聞いていると、口喧嘩しているように思えるが、口が悪いだけでいがみ合っているわけではない。

其角は面白く話を聞き、文左衛門は酒を呑みながらにこやかに座に浸っていた。

「堀部さまに会えたんは、これまたないことや」

「堀部さまとはどんな話を？」

「まあ、浅野さまのことや、松の廊下のことを聞きました。ついでに、吉良さまに対して、憎しみはあらへんのか確かめてみたが、全くこちらの喜ぶような言葉を仰らんかったわ」

藤十郎が苦笑いする。

「口が堅いからな。しかし、お前さんは……」

「なんや？」

「いや、仇討ちの話など、お前さんが得意とするようなものではないな」

「そんなこともないで。高田馬場での仇討ちに手を貸したことや、堀部弥兵衛《やへえ》さまのところに養子入りしたときのことなど、何や面白《おもろ》そうなことはぎょうさんあったわ」

「実はわしも本人からはそのことを聞いていないので」

其角は首を横に振った。

「え、先生が？」

「聞けば答えてくれるだろうが、その機を逃しちまいましてな」

「まあ、世間で言われているようなことと同じじゃ。でも、ちょっと面白いことがあったで」

「面白いこと？」

「なかなか言いにくいことで……」

藤十郎は端に移った。其角もついていった。

「先生と交流のある赤穂の浪士の中で、萱野《かやの》さまがおまんな」

藤十郎が小さく、低い声で言った。

萱野三平重実《さんぺいしげざね》、松の廊下の刃傷のあと、すぐに江戸から赤穂へ早駕籠を使い、たった四日で報せに行ったものだ。俳諧にも通じ、涓泉《けんせん》の号でも知られている。水間沾徳の弟子である。

「その萱野さまが江戸から赤穂へ行く途中、西国街道沿いの実家の前に差し掛かったとき、何やら人が集まっていた。前日に母親が亡くなり、その葬儀だったそうや。一緒に赤穂に向かっていた早水藤左衛門から顔を出していくように言われたんやけど、御家の大事だと断って、先を急いだというんや」

「それなら、以前に近松からきいた」

近松門左衛門のことを言った。

「話はこれで終わらんのや」

藤十郎は身を乗り出して言った。

「なに？　まだあるのか」

「そこから先は知らんやろ。萱野さまは父、萱野重利《しげとし》さまから旗本大島義也《おおしまよしなり》さまに仕官するように言われたそうや。というのも、父上というのが大島家の家老で、萱野さまの兄も大島家に仕えている」

「大島さまといえば、長崎奉行じゃねえか」

「そうや」

「悪い話じゃねえ」

「うんとええ話や」

藤十郎はそこで区切り、間を空けてから、

「だが、萱野さまは悩んでるらしい。現にその話は引き延ばしにしてはる」

「浅野さまへの恩があるからか」

「そうみたいや。あの堀部さまや高田さまのような仇討ちを一人でもしようとしてはった方たちでさえ、他の仕官先を探していると口では言うとるが、誰一人として話が進んでおらん」

「ってこたあ、ほんとうは仇討ちをする気があるってことか」

其角が決め込んで言った。

「そうとしか考えられへんけどな」

藤十郎も同調する。

「でも、他に事情があるかもしれねえ」

「他っちゅうと？」

「わからねえが」

其角はそう言いながら、藤十郎の考えていることが正しいような気がした。

「それに、大島家は吉良家と関わりが深いそうや」

「これから、萱野さまがどう動くと踏んでいるんだ？」

「そこが難しい。ずっと大島さまの仕官を断り続ければ、疑われる。かといって、一度仕官して、もし仇討ちをすることになれば、大島さまに迷惑がかかる」

「その葛藤を芝居にしようってわけか」

「そうや」

「でも、そのまま書いたら……」

「そりゃ、ちゃんと考えてまんがな。わしの本道は恋の物語や」

藤十郎はにたりと笑った。

この男に恋の道行きをやらせれば必ず流行る。だが、悲惨な最期《さいご》を遂げることになるのだろう。

芝居の中だけではなく、実際に萱野三平に何か嫌なことが起こらないか不安になる。

堀部を見ても、大高にしても、赤穂の元藩士たちを見れば、仇討ちを考えているに違いないという思いが其角にはあった。

「これも先生のお陰や。近松先生も色々とこの件を調べているそうやけど、それにも負けん芝居をつくるさかい、楽しみにしといてくだはれ」

藤十郎はそう言って、その場を離れて行った。

まるで、江戸を去る挨拶とはほど遠い、軽いものであった。

藤十郎の飾らなさが、妙にかっこよくもあった。

場が盛り上がっているが、其角はどうしても文左衛門を襲った者のことを考えてしまう。

一体、黒幕は誰で、何のためにそうしているのか。

高田は本当に文左衛門を襲ったのか。

だとしたら、仇を討つことと繋がっているのだろうか。

「どないしたんや」

近松がきいてきた。

「いや、ちょっくら夜風を浴びてくる」

其角は『美作屋』の外に出た。

すると、すぐ近くのところで権太郎に出会った。

また文左衛門が来ているので、何か起こらないか見張っているそうだ。

「そういえば、今日は近松門左衛門さんと坂田藤十郎さんと四人で呑んでらっしゃるのですよね」

と、権太郎がきいた。

「そうだ」

其角は頷いた。

「あのおふたりは以前襲われた日にも呑む約束でしたね」

「その代わりに、今日になった」

「それで、お静に毒を盛られた日ですが、先生は水戸公の法事に出ていましたね」

「ああ」

「その時に、近松さんと坂田さんに『美作屋』で紀文の旦那と呑むから、一緒にどうだと誘っていたと聞きますが」

「その通りだ」

其角は堂々と答える。

権太郎はなにやら言いたげだ。

「遠慮しねえで言え」

其角は促した。

「へい。近松先生や坂田藤十郎さんが紀文さんを恨んでいるってことはないでしょうかね」

権太郎は気後れするようにきいた。

「それはねえだろう」

「おふたりであれば、上方に帰ってしまえば、探索から逃れることが出来ると、ふと思ったまでです」

権太郎は申し訳なさそうに頭を下げた。

「あのふたりってことはねえ」

其角は否定する。

「しかし、紀文さんが襲われた日も、毒を盛られた日も、あのふたりが絡んでいるってことがなんだか不思議な気がしまして」

権太郎は臆することなく言い返す。

「あり得ねえ」

其角は一蹴する。

「あっしも大方あり得ないと思っていますが……」

権太郎はどこか納得いかない表情であった。

少し間が空いてから、

「あのおふたりはどこに泊まっているかご存じで？」

権太郎がきいた。

「知っているが」

「どちらです？」

権太郎が身を乗り出してきく。

其角は少し躊躇《ためら》いながらも、

「日本橋小伝馬町《こでんまちょう》の『俵屋《たわらや》』だ」

と、答えた。

江戸随一とも言われる、豪華な宿である。大名が泊まっても、満足するとさえ言われている。得意客にはそうそうたる者たちがいる。

「誰が宿代を払っているのかはご存じで？」

権太郎の目がさらに鋭くなる。

「さあな。だが、文左衛門ではないことは確かだ。奈良茂を調べてみた方がいいんじゃねえか」

其角は軽い口調で言った。その内心、もしかしたらという気持ちがあった。

そんな其角の心を見透かすように、

「あっしも同じことを考えて、既に奈良茂さんにきき取りをしています。でも、奈良茂さんは違うと言っています」

権太郎は答えた。

それからも、文左衛門を襲った者や毒を盛った者について話し合ったが、なにひとつ手掛かりは摑めないまま、権太郎と別れた。

其角が宴に戻ると、三人は楽しそうに弾けていた。

さっき権太郎に言われたことが脳裏に残ったまま、其角は若い芸者の手を握りながら呑みなおした。芸者も其角の手を握り返してきた。吉原では芸者にそれ以上手を出せないのが癪だった。

五

翌日、其角は居間へ行き、掃除をしている二郎兵衛に向かって、

「ちょっと、『紀伊國屋』へ行ってくらあ」

と、言った。

「駕籠を呼びますか」

「いや、いい。権太郎が言っていたことが、ちょっと気になってな」

「言っていたことっていうのは？」

「近松や藤十郎に恨みを買われていたことはねえかってんだ」

其角が吐き捨てるように言った。

「さすがにそれはなさそうに思えますが」

「ああ、絶対にねえ」

其角は言い切って、八丁堀の『紀伊國屋』へ行った。

やけに風が強かった。砂埃《すなぼこり》が舞って、途中何度も目を伏せて立ち止まった。

『紀伊國屋』に着き、土間に入る。番頭に文左衛門に話があることを伝えた。

「じつは旦那さまはもう出かけました」

「出かけた？」

其角は驚いた。

「はい」

「どこへ？」

「それが何も。ひょっとしたら女のところかも」

「いや」

俺が来ることを予期して逃げたのではないか、と其角は思った。

「仕方ねえ。また、出直す」

「あっ、先生。ちょっといいですかえ」

「なんだ」

「奥へ」

番頭が言う。

其角は上がって、廊下を進み、途中の部屋に通された。

いつもであれば、茶室のある中庭が見渡せるところや、長い廊下の突き当たりであるが、ここは初めて通された。

陽の光があまり射し込まない部屋であった。

裏庭に面していて、窓はあるがすぐ外に大きな木が聳《そび》え立っている。ちょうど、陰になって暗かった。

番頭は真顔で向かいに座るなり、

「岡っ引きの親分は何か言っていましたか」

と、重々しくきく。

「近松や坂田藤十郎にきき込みをしてえようだった」

「どうして、あのふたりに……」

番頭が下を向いて、考え込む。

「大門の前で襲われた日、毒を盛られた日、どちらもあのふたりが絡んでいたからだ」

「でも、旦那には恨みなんかないはず」

「違いねえ。でも、あいつらから文左衛門が吉原へ行くってことをきき出した奴がいるかもしれねえと疑っているんだ」

「ちょっと、納得できないですね」

番頭は首を傾げる。

この番頭は二郎兵衛に似て、心配性であり、疑い深い。文左衛門がよく困っていると漏らしていた。しかし、商売に長けているし、これほどの番頭は全国どこを探してもいないだろうと文左衛門は断言した。其角も二郎兵衛に対して同じ気持ちでいるので、その心が痛いほどにわかった。

「わしもそんなことはねえと思うんだが」

其角は同調してから、

「岡っ引きの言うことは放っておいても、おまえさんたちの方でも、誰が怪しいかわからねえのか」

其角はきいた。

「うーむ、そうですね……」

番頭は唸った。

「ほんの些細なことでも構わねえ。何か気になることはねえのか」

「気になること。まあ、でもあれは……」

「なんだ？」

「別にこれは疑っているわけではありませんが」

番頭はそう前置きをしてから、

「いいえ、わかりませんが、近頃、奈良茂さんとやけに親しくしていたのが気になっていました」

と、口にした。

仙台藩の大井屋敷で、奈良茂がそう言っていたが、其角は取り合わなかった。

「この半年くらいは特に……」

番頭が答える。

「で気になるってえのは？」

其角はきいた。

「奈良茂さんが何のために、旦那さまと一緒に呑むのだろうと思いまして」

番頭は沈むような声で言った。

「元々はそんなに親しくなかったのか」

「いがみ合っていたわけではありませんが、互いに干渉しませんでした。吉原で会うことがあっても、ただ頭を下げて挨拶するくらいです」

「かつて、文左衛門は奈良茂のことをなんて言っていたんだ」

「いえ、特に……。あまり話題にもしなかったですね。ただ、商売の才はあって、同じ材木商だけど、自分とはまったく違う商人だと言っていましたかね」

番頭は思い出すように答える。

「奈良茂と親しくなったっていうのは、この半年くらいだな？」

其角は確かめる。

「左様にございます」

「なにがきっかけなんだ」

「山田宗偏先生の茶会です。ふたりがたまたま出くわして、それを機に急に近づいたそうです。多い時には月に二、三度は会っています」

「わしもそれくらいあいつに会っているが、奈良茂の話は初めてきいた」

其角は思わず首を傾げた。なんでも話してくれていると思ったのに、文左衛門に知らない一面があるようで、妙にむずがゆい。

「あいつは、なんだってわしに言わねえんだ」

舌打ちをする。急に自分が信用されていないのではないかという猜疑《さいぎ》心が芽生え、腹立たしくもなった。

「旦那さまは口にしませんでしたが、先生に言わなかったのは配慮だと思います」

番頭が落ち着いた声で答える。

「なんの配慮だ」

其角の声が尖る。

「世間は何かと、旦那さまが奈良茂さんと対立しているように見ています。だから仲良くしていると変に疑《うたぐ》られるというので。もし先生に言ったら、かえって心配させてしまうのではないかということです」

「無駄な考えを巡らせよって」

「旦那さまはそういう人です。大目に見てください」

番頭が軽く頭を下げる。

「おまえさんはどう思っているんだ」

「はい?」

「だから、奈良茂と急に親しくなったのには何かわけがあると思っているだろう」

其角は決め付けた。

「私は旦那さまのことを詮索する気はありませんので」

「詮索じゃなくて、どう思ったかきいているんだ」

「……」

番頭は答えなかった。

夕陽がいまにも沈みそうであった。其角は一日歩き回った汗を湯屋で流してから、木場にある『奈良屋』へ行った。

まだ暖簾がかかっているが、出入りしている商人や客の姿は少なかった。

土間に足を踏み入れると、すぐに若い奉公人がやって来た。

「奈良茂はいるか」

其角は唐突にきいた。

「へい。お名前を伺っても?」

若い奉公人はおどおどしながらきいた。すぐに近くにいた少し年上の奉公人が寄

ってきて、

「其角先生、どうぞこちらへ」

と、取り繕うように案内してくれた。

其角は履物を脱いで上がり、近くの客間に通された。

ほどなくして、奈良茂が現れた。

「どうなさったんですか、珍しいですね」

奈良茂はどこか嬉しそうに言った。

「ちょっとおまえさんにききたいことがあるんだ」

其角は真剣な目で言った。

すると、奈良茂も表情を引き締め、

「今朝、吉原の岡っ引きがまたうちにやって来ましてな」

と、其角の声を制して言った。

其角はそんな奈良茂の顔をまじまじと見た。

「先生、もしかして疑ってらっしゃるのですか」

奈良茂が急に構えた。

「いや、正直にいうとよくわからねえんだ」

「わからない？」

「はじめはお前さんが文左衛門と対立していると思ってた。だが、世間がそう思っているだけで、実際は違うみてえじゃねえか」

「ええ、仰る通りで。同じ商いをしていましても、その商売仇を憎むということはしません。むしろ、『紀伊國屋』と『奈良屋』のふたつの商家が切磋琢磨することで、どちらの商家にも多くの利益をもたらすことが出来ると、これは私の持論ですが……」

話が長くなりそうだった。

其角は咳払いでその話を切って、

「文左衛門がなんでわしにお前さんのことを言ってくれなかったのが不思議でならねえが、ともかくこの半年くらいは呑みに行ったりしていたんだな」

と、言った。

「はい」

奈良茂が頷く。

「誤解を恐れずに言うが、お前さんは何の目的で文左衛門に近づいたんだ」

其角はきいた。

「目的もなにも……」

奈良茂は苦笑いして、

「大変手前味噌になりますが、江戸ではまず第一に『紀伊國屋』、そして『奈良屋』と続きます。紀文さんとは誼《よしみ》を通じたいとずっと思っていた次第ですが、なかなかその機会がなかったのです。おそらく、先生が仰るように、世間がふたりが対立していると思っていたからでしょう。でも、半年前にたまたま宗徧先生の茶会で一緒になりまして。ありがたいことに、紀文さんも同じことを思っていたようにございます」

と、饒舌《じょうぜつ》に話した。

まるで、予め備えていた答えだったかのようで、むずがゆさを覚えた。

しかし、『紀伊國屋』の番頭と答えていることは同じだし、話したなかで嘘は述べていないのだろう。

だが、言っていないことがあるはずだ。

其角は思わず眉間に皺を寄せた。

奈良茂は和ますためか、にこやかな表情を作った。

其角は眉間をつまむようにして、

「お前さんは、近松門左衛門や坂田藤十郎なんかと付き合いがあるか」

と、きいた。

「いえ、そっちには全くの無学なものでして。出来ましたら、お近づきになりたいと思っていますが、私は紀文さんと違い……」

奈良茂は謙遜するように言う。

「そうか」

其角は頷く。

「そのおふたりがどうしたのですか」

奈良茂が不思議そうにきく。

「岡っ引きが言っていなかったか？」

其角は確かめた。

「いえ」

奈良茂は首を横に振る。

「襲われた日、わしと文左衛門とそのふたりで『美作屋』で吞むつもりだったんだ」

「え、じゃあ、その宴に行く途中に襲われたと」

「ああ、それだけじゃねえ。この間、毒を盛られた日も、わしはそのふたりを『美作屋』に誘ったが断られた」

「偶然にしては恐ろしい……」

奈良茂がわざとらしく反応する。

「岡っ引きも、本当に偶然なのか疑っているんだ。むろん、近松や藤十郎が企んだということはないが、あのふたりから情報を聞き出した者がいるんじゃねえかって」

「あのふたりから……」

奈良茂が深いまなざしで考え込む。

口ごもっていた。

「もしかしたら、あのおふたりに付いている商人が、紀文さんのことを害そうとしたのかもしれません」

奈良茂が独り言かどうかわからない言い方をした。

「誰のことだ」

其角がきいた。

当然、近松や藤十郎にも豪商がついていて、金の面倒を見ているはずだ。だが、上方の事情はさっぱりわからないので、今まできいたこともなかった。

奈良茂は咳払いをしてから、

「淀屋さんですよ」

と、重たい声で言った。

「淀屋？」

其角はきき返す。

「淀屋辰五郎さんのところです。もう亡くなりましたけど、先代の四代目は大名貸も盛んに行って、相当に稼いでらっしゃいましたよ」

奈良茂の口調は優しいが、どこか棘《とげ》があった。

「いまは五代目か？」

「いえ、まだ四代目のご子息が十七で、代を継いでいません。来年には五代目になるといっているのですが」

「じゃあ、いまは誰が切り盛りしているんだ」

「牧田仁右衛門さんという方です」

其角ははじめて聞く振りをして、

「番頭なのか？」

「いえ、元々『淀屋』で番頭をしていた牧田仁右衛門さんが暖簾分けを許されまして、伯耆《ほうき》の倉吉《くらよし》というところに同じ屋号の『淀屋』を開いています。その仁右衛門さんが、五代目が決まるまでの間、大坂の店を切り盛りしているそうです」

奈良茂が答える。

これも詰まることなく、さらっと言った。

「ずいぶんと詳しいな」

其角は様子を窺うようにきいた。

「他の商家のことも知っておかなければなりませんから。特に『淀屋』といえば、日本一の大豪商でしょう」

奈良茂が言う。

「日本一とな。『紀伊國屋』よりもすごいのか?」

其角の声が思わず大きくなる。

「こんなことを申すのは憚《はばか》られますが、比べものにならないかと……」

「そうか」

「正確なことはわかりませんが、先代が築き上げた資産が全部で二十億両に及ぶそうです」

「二十億両……」

其角は聞いたことのない額にため息を漏らしながら、

「で、その『淀屋』が近松や藤十郎の面倒を見ているっていうんだな」

と、確かめた。

「いかにも」

奈良茂は深く頷く。

「そういえば、先日の黄門さまの法要に牧田仁右衛門さんもいらっしゃっていました。おそらく、水戸藩にも金を貸していたので、法要に名を借りた取り立てでしょう」

奈良茂が言った。

「もしかして、近松や藤十郎と一緒に来ていたことも……」

「考えられます」

「だが、『淀屋』が文左衛門のことを害するってことは」

「十分にあり得ます」

奈良茂が急に強い口調で言った。

「どうしてだ」

其角はきいた。

「ある話では、『淀屋』は江戸にまで手を伸ばそうとしているようです。米市場で儲けているとはいえ、元はといえば材木商です。『紀伊國屋』の仕事を奪おうと考えているかもしれません」

奈良茂は答えてから、

「何度も言いますが、私は紀文さんとは張り合おうと思っておりません。同じ材木商でも、紀文さんがやらないところに手を広げてきました。だから、一度も競り合いになったことはありません。紀文さんとはそんな話はしませんでしたが、あれだけ頭の切れる方ですから、わかっていたんじゃないでしょうかね」

と、言った。

「ってことは、『淀屋』が江戸に進出してきたら、お前さんの敵になるかもしれねえ」

「まあ、私のやっていることまで奪うかどうかわかりませんがね」

「そういうことか」

其角はどうりでさっきから憎むような言い方をしているなと思った。

「ということは、向こうもお前さんのことを恨んでいるかもしれねえ」

「そうですが……」

「まだ牧田仁右衛門ってえのは江戸にいるのか」

「おそらくいると思います。小伝馬町の『俵屋』に泊まっていると聞きました」

「なに、『俵屋』だと」

「はい。何か？」

奈良茂が、ぎょっとする。

「近松も藤十郎も『俵屋』に泊まっているんだ」

「じゃあ、そこから紀文さんのことが漏れたとか」

「かもしれねえな」

其角は『俵屋』へ行くことを決めていた。

「お前さんは『俵屋』とは親しいか」

「はい」

「付いてきてくれ」

其角は誘った。

「喜んで。支度してきますので、少々お待ちください」

奈良茂が部屋を出て行った。

どうして誘ったのだろうと、少し後悔した。
やがて、奈良茂の支度が出来た。
其角は奈良茂の用意した駕籠に乗り込んだ。

第四章　隠れ蓑

一

『俵屋』は一町（約一万平方メートル）の敷地の半分以上を母屋にしている大きな宿屋である。

表付きは開けっ広げではなく、土蔵造りのところどころに間口がある。その間口も、上部だけ扉があがって、下部は土で塗ってあった。茶室のにじり口ほど小さくはないが、腰を屈《かが》めないと入れない。

「ここなら、賊が襲ってきても、一気には入ってこられませんからな」

奈良茂が言った。

腰を屈めて入ると、土間は広く、いかにも品がよく、丁寧な物腰の三十代半ばの番頭がいた。店さきの畳をあがった先には黒塗りの大きな柱があり、そこに、宿泊客の名前を書いた札が吊るされていた。

「宝井其角先生ですね」

番頭は言ってきた。

其角がよくわかったなと思っていると、

「以前、何かの会でお見かけしたことがあります。お声を掛けたかったのですが、しがない宿屋の番頭風情《ふぜい》でそんなことできないと思いとどまった次第にございます」

番頭は付け加えた。

それから、奈良茂に顔を向けて、折り目正しく挨拶をした。

「いま牧田仁右衛門は泊まっているか」

其角は唐突にきいた。

「いえ、昨日お発ちになりました」

「じゃあ、近松と藤十郎は？」

「同じく」

「なに、もう帰ったのか」

其角は舌打ちをする。どうして、帰る前に報せてくれなかったのか。

今回の江戸への旅は、どこか様子が違う。

徳川光圀の法事で江戸にやって来たが、それはただの名目に過ぎず、こっちでなにか調べていたのではないか。

「仁右衛門が何の用事で江戸に来たのか聞いているか」

其角は探った。

「黄門さまの法要があるとのこととしか伺っておりません。ついでに、こちらでの挨拶まわりをと仰っていました」

番頭が答える。

其角は少し考えてから、

「仁右衛門がいる間、ここに侍が訪ねてくることはなかったか」

其角は改まった声できいた。

「いえ、ございません」

番頭は首を横に振る。

「先生、さすがにここではしないのでしょう」

奈良茂が横から口を出した。

番頭は心配そうに其角と奈良茂を交互に見て、

「何かあったのでございますか？」

と、きいてきた。

「いや」

「でも、そのご様子は……」

番頭は明らかに心配そうな顔をして、

「もしかして、牧田さまに何か疑いの目が？」

と、きく。

奈良茂は其角に、この番頭は信頼のおける者だから、正直に話した方がいいと、来る途中に言っていた。

そして、いまも奈良茂は同じことを言いたいのか、其角に目配せした。

其角は自分の口から言うのは憚られる。すると、奈良茂が察したらしく、

「実は紀文さんが襲われたことで」

と、切り出した。

「紀文さんのことは噂では聞いております。毒を盛られたのと、そのあとに襲撃されたのでしたっけ。でも、まさか牧田さまが……」

番頭は驚いたような目をした。

間髪を容れずに、

「実は困ったことに、私の用心棒が紀文さんを襲った者だというふうに見られている」

と、奈良茂が言った。

「あの高田さまですか」

「そうだ」

「どうして、高田さまが」

「ただ、容姿が似ていただけで」

「そんな……」

番頭は眉間に皺を寄せてから、

「牧田さまが紀文さまを襲わせたというのは?」

と、確かめてきた。

「紀文さんが毒を盛られたとき、そして襲われたとき、どちらも其角先生を通して、近松先生と藤十郎さんは紀文さんが来ることを知っていた。だから、おそらく、このふたりから紀文さんがどこどこにいるということが漏れたのではないかと……」

奈良茂が言葉を選びながら、慎重に語った。

番頭はこめかみを掻く。

「つまり、そのふたりから牧田さまに話が及んで、それからまたどこかにその話が流れたと?」

番頭が詰まるような声できいた。

「まだ断定はできませんが、ちゃんと調べる必要があると思うのです」

奈良茂がじっと番頭を見つめ、さらに続けた。

「もしも、牧田さんが何かよからぬことを企んでいたのだとしたら、ここにも変な疑いをかけられますよ」

奈良茂は優しい口ぶりながら、深みのある声で言った。

番頭はぎょっとする。

「何も牧田さまを疑って話すわけではございませんが、少し気になっていたことはあります」

番頭は小さな声で言った。

それから、後ろをちらちらと見る。

「あまりうちの主に聞かれるといけませんので」

番頭は目配せをして、土間に下りてきた。

それから、三人は店の外に出る。

店の前の大通りは、多くの人々が行きかっている。番頭は一本先の路地に入った。

其角と奈良茂は付いていく。

「奈良茂さまはご存じと思いますが、牧田仁右衛門さまは元々『淀屋』を興された家の方ではなく、暖簾分けされたほうです。いまは当主がいないので、仁右衛門さまが代わりに本家の『淀屋』を仕切っていますが、そもそも暖簾分けした理由としましては、幕府に闕所《けっしょ》にされるのではないかと危惧したということがあります」

「どうして、闕所に？」

其角が口を挟む。

「それが、牧田さまが仰るには、裏で紀伊國屋文左衛門さまが動いているのではないかとのことで」

「文左衛門が？」

「そこまでは仰っていませんでした。しかし、『淀屋』は西国大名に莫大な貸付をしているし、それが幕府を倒すための手段だなどと因縁を吹っ掛けられているかもしれないと仰っていました」

番頭は声を小さくして言う。

「もしや、『淀屋』には本当にそんな目論見《もくろみ》があるのですかな」

奈良茂が身を乗り出すように言う。

「ないとは思いますが、なんとも……」

番頭は首を捻った。

「仁右衛門が、文左衛門のことを言っていたのは確かなんだな」

其角は念押ししてきいた。

「はい。それは仰っていました。なので、もしかしたら、そんな理由があるかもしれないと思ったまでです」

番頭はそう答えてから、

「ほんとうのことはわかりませんが」

と、付け加えた。

他にも色々と、牧田の様子をきいたが、この宿に泊まっていても、朝は早く出かけ、夜は四つ（午後十時）くらいに帰ってきて、部屋で酒を呑むわけでもなく、ただただ文をしたためたり、算盤《そろばん》を弾いたりしていたそうだ。

ひと通り、話を聞いてから、其角は『俵屋』の番頭と別れた。

「さて、どうしますか」

奈良茂がきいた。

「もう少し話してえことがある」

其角はそう言って、奈良茂を江戸座に誘った。奈良茂は明るい顔で、是非とも伺いたいと言う。

駕籠に乗り込む前に、

「それにしても、先生のお宅に伺うのは初めてですな」

と、奈良茂が言った。

「そうだな」

「先生は私を避けてらっしゃったから」

「そんなことはねえが」

「もちろん、悪意がないのはわかっていますが、紀文さんと親しいのでお気を遣っていたのでしょう？」

「お前は勝手に物事を解釈するんだな」

「いえ、私の目は誤魔化せませんよ」

奈良茂は鋭い目つきをした。

さっき、『俵屋』の番頭に詰め寄ったときと似たような厳しさがあった。

「お前のほんとうの姿がわからねえから、俺は苦手だ」

其角は苦笑いした。

それでも、奈良茂は嬉しそうに、

「先生にそうおっしゃって頂けて光栄ですな」

と、嘯《うそぶ》く。

「まあ、続きは江戸座で」

其角は打ち切って、駕籠に乗った。

四半刻（約三十分）も揺られずに、江戸座に到着する。奈良茂はわざとらしく、江戸座の外観を見ながら、

「いやあ、さすが。乙なお宅ですな」

と、にこやかに言った。

「嫌味にしか聞こえねえ」

「心の底から讃《たた》えているのでございますよ」

其角は舌打ちをして、正面から入った。

その音を聞きつけて、すぐに二郎兵衛が出迎える。

二郎兵衛は奈良茂を見て、おやという顔をした。

「これが、先生の大事なお弟子さんですか」

奈良茂は目を丸くしてから、

「『奈良屋』という材木屋をしております。何かの折りにお見掛けすることはありましたが、こうやってまじまじとお話しするのは初めてでございますね。どうぞ、お見知りおきを」

と、深々と頭を下げる。

「こちらこそ。先生がお世話になっております」

二郎兵衛が返す。

「世話になんかなっていねえから、気にするな」

其角は軽く言い流し、履物を脱いで上がった。

奈良茂を客間に連れていき、それほど経たないうちに、二郎兵衛が茶を運んできた。

二郎兵衛は茶を置くと、部屋を出て行こうとした。

そのとき、

「ちょっと、二郎兵衛さん」

と、奈良茂が呼び止める。

「あなたも一緒にここにいてくださいませんか」

奈良茂が言う。

「なんのつもりだ」

其角は、むっとして奈良茂にきいた。

「いえ、二郎兵衛さんが、頭が切れるということは噂で聞いております。先生の右腕だと。なので、二郎兵衛さんにいてもらった方がわかることも多いのではないかと」

奈良茂は、にこやかに言った。

二郎兵衛は困った顔で其角を見る。

其角は嫌がったが、奈良茂は諦めずに、「二郎兵衛さんがいてくださった方が、きっとわかることもございます」と譲らなかった。

「そんなに言うなら、お前も」

其角は渋々言った。

三人は車座になって、文左衛門が襲われたことを話し合った。

二郎兵衛は分をわきまえて、口を挟まなかった。

所々、奈良茂が二郎兵衛に話を振る。二郎兵衛は聞かれたことだけに答えた。

二郎兵衛は、『淀屋』の牧田仁右衛門が裏にいるのかどうかわからないが、近松が堀部を紹介してくれと其角に頼んできたことが引っ掛かるそうだ。

そして、奈良茂と同じく、近松の後ろ盾が『淀屋』だということ、さらに文左衛門であれば、『紀伊國屋』の利権のために『淀屋』の力を削《そ》ごうとするのも考えられるという。

「お前は、そんなこと思っていたのか」

初めて聞く二郎兵衛の意見に、其角は多少なりとも驚いた。

二郎兵衛の顔は、いつもより険しかった。

奈良茂は感心したように、二郎兵衛を見てから、

「私もそのように考えております。といいますのも、『淀屋』は西国の大名に金を貸していることもあり、繋がりが強いでしょう。おそらく、改易になった浅野さまとも繋がりがあったはずです。西国の大名が何を考えているのかわかりますか」

と、言った。

「何を考えているのだ?」

其角は顔を強張らせる。

「まずは物の値の上がっていることに頭を悩ませているのでしょう」

と言い、奈良茂は詳しく話しはじめた。

物の値が上がるのは、銭を造り過ぎていることによるという。

小判における金の割合を少なくし、従来の小判二枚分の金で、三枚を鋳造する。

つまり、従来より貨幣量を増やすことができ、その増えた分の小判が幕府の益金になる。

これは、幕府の財政を潤すだけで、毎年定まった石高の米からしか収益を得ることができない武士たちの暮らしを圧迫するものとなる。

「しかし、大名が金銭面で困れば、『淀屋』のように貸付している者たちが潤うのではないか」

其角はきいた。

「いえ、返済することができれば問題はございませんが、加増されない限り、財政は苦しいまま。利子を返すのが精一杯で、元本を返してもらえることはできなくなります。いや、利子すら払えない状況に陥るかもしれません」

二郎兵衛が口を挟んだ。

「だから、『淀屋』にしてみても、この状況はよくないと考えているのです。それに、貨幣の鋳造に『紀伊國屋』が関わっているので、まずはそこを潰しておきたいと」

　奈良茂が淡々と言う。

「あり得ない話ではねえが……」

　其角は首を傾げ、

「だが、近頃、『紀伊國屋』は幕府の用材普請を請け負っていないと聞いたが」

と、確かめた。

「新たなものは請け負っていないようですが、前から続けているものに関しては、未だに紀文さんが請け負っています」

　奈良茂が答える。

「おまえさんは余程、牧田仁右衛門という男が憎いのか」

　其角は不意にきいた。奈良茂はおかしそうに笑みを浮かべた。

「どうして、そんなことを？」

「たしかに、おまえさんの言うことは理にかなっている。多くの武士が暮らしに困窮をしているのは確かだろう。それの要因のひとつに文左衛門がいるのも間違いねえ。だが、紀文を殺したところで、この状況が改善できるのか」

「それは、わかりませんが……」

「俺は仁右衛門という奴に会ったことがねえからわからねえが、『淀屋』という大店を切り盛りしている男だ。きっと、安易な考えや、怒りに任せて文左衛門を襲わせるってえ、馬鹿な真似はしないはずだ」

其角は言い切った。

「ただ、『俵屋』の番頭が言っていたではありませんか。『淀屋』が西国の大名たちに貸付をしているのは、幕府を転覆させるためだと、紀文さんに言いふらされていると」

「いや、番頭はそこまで断定していなかった。そうかもしれねえと」

「その疑いがあることには変わりありません」

奈良茂はきっぱりと言い、

「だからこそ、紀文さんに脅しをかけようとしたのかもしれません」

と、信じ込んでいるようだった。

二郎兵衛を見ると、なんとも読み取れない表情をしている。

「おまえはどう思う」

其角は二郎兵衛にきいた。

「私は……」

二郎兵衛は少し考えてから、

「あり得るでしょう。ただし、ほんとうにそれが狙いなのでしょうか」

と、奈良茂に問いただした。

「といいますと？」

奈良茂がきき返す。

「なぜ、お静という女を使ったのか。それに、浪人ふたりを使ったのか。それがわかりません」

二郎兵衛が首を傾げた。

「たしかに」

奈良茂は頷いている。

「お前らは、随分と考えが似ているんだな」

其角はつまらなそうに呟いた。

「いえ、これは先生が紀文さんの肩を持ちすぎているだけだと思います」

奈良茂が言う。

「なんだと？」

其角の声が、さらに厳しくなる。

「私も同じ立場だから言えるのです」

奈良茂は真っすぐな目で答える。

「どういうことだ」

「『紀伊國屋』や『淀屋』、『奈良屋』などの豪商らは、栄華を極めたといっても過言ではございませんが、いずれも時の権力者と繋がって、莫大な利益を得て、豪奢《ごうしゃ》振りを発揮しているわけであります。こんなことはずっと続くわけがありません。将軍綱吉公がご存命の間は平気でしょうが、その後、我々が活躍できることはなくなるでしょう。だから、今のうちに潰しあいをしているのかもしれません」

奈良茂はどこか遠い目をして言った。

其角は急に何も言えなくなった。

ずっと、したたかであった奈良茂が、急に寂しい男に見えた。

「ともかく、私も商人ですから仁右衛門さんの気持ちも、紀文さんの気持ちもわかる気がするんです」

「じゃあ、おまえさんも『淀屋』、『紀伊國屋』を潰したいと思うのか」

「いえ、私は自分のところが不利益を被っていなければ、それで構いません。しかし、高田さまが疑われているというのは、雇った私が疑われているのと同じことですので、それは断固として異を唱えて、真相を暴かなければならないと思っているまでで」

奈良茂は答えた。

「おまえさんも気をつけた方がいい。たとえ家にいても、危害を加えられないとも限らねえ」

其角は注意した。

「ご心配には及びません。『奈良屋』は高田さまを用心棒に雇いましたし、近頃物騒なので商売が終わったらすぐに鍵を掛けていますし、二六時中、交代で見張らせております」

「まあ、それなら少しは安心かもしれねえが」

「それに、岡っ引きの親分たちがずっと見張っているんです」

「なに」

「高田さまを監視するためでしょう」

「高田さまは気づいているのか」

「はい。仕方がないことだとは仰っていますが、なんとかして疑いを晴らしてみせると意気込んでいました」

「お前さんは、実際どう思っているんだ。高田さまが文左衛門を襲ったとでも？」

「どうでしょう。私にしてみたら、どちらでもよいのです。高田さまが私の身を守ってくださるのなら、何をなさっていても構いませんから」

奈良茂は、あらかじめ決まっていた台詞のように、すらすらと答えた。

外で時の鐘が鳴る。

「そろそろ、帰るとします。また何かありましたら」

奈良茂は腰を上げた。

「待て、最後に」

其角は呼び止めた。

「なんでしょう」

「どうして、高田さまを雇ったんだ」

「ちょうど、浅野さまが改易になり、高田さまが暮らしにお困りになっておりましたので。かねてより、名の通った剣豪を用心棒にと望んでおりましたから」

奈良茂はそう答えて、部屋を出て行った。

其角と二郎兵衛は表まで見送りした。

二

それから数日間、其角は諸事に追われていた。

文左衛門は、連絡を寄こさなかった。

二郎兵衛にどうなっているのか様子を見に行かせたが、文左衛門の具合がまだすぐれないというだけだった。

吉原に遊びに行く気にもなれず、かといって、深川や品川に足を延ばすこともなかった。

だが、ある日の夜、江戸座に吉原の岡っ引きの権太郎がやって来た。

弾む声で、

「お静を捕まえました」

と、言い放った。

お静は自分の罪は認めているものの、未だに高田郡兵衛が襲ったとは認めていないらしい。

「そうか」

其角は思わず膝を打った。

「で、なにか話したか」

「まだ取り調べの最中ですが、こちらから何も触れていないのに、高田さまは何も関係がないと言っています」

「ということは、毒を盛った後、お静は高田さまと会っていたということか」

「いえ、会っていないと」

「だったら、なぜ知ってる？」

「そこの説明がつきません。しかし、他の岡っ引きらが交代で一日中高田さまを尾けていましたが、お静を見ていないと」

「じゃあ、おまえさんらが見張りはじめる前に会ったってことか」

「そうかもしれませんが」

権太郎はどこか納得いかなそうに顔をひきつらせる。

だが、岡っ引きが首を傾げるのもわかる。

高田は『奈良屋』に住み込みで用心棒をしている。『奈良屋』は夜早くに鍵を掛けるので、こっそり抜け出さない限り、高田とお静が会うことは出来ない。さらに、そこを二六時中見張っているとなれば、到底会うことは難しい。

高田が疑われる前に会うことも難しいだろう。

「お静はどうして文左衛門に毒を盛ったんだ」

其角はきいた。

「それに関しては、ただ義憤に駆られたと」

「義憤？」

「詳しくは話しませんが、貧しい者たちがいるのに、金を湯水のように使う紀文の旦那が許せなかったと」

「誰かに言わされているな」

「おそらくは……」

権太郎はそう答えてから、

「でも、ほんとうにそういう気持ちがあったからこそ、誰かにそそのかされて紀文の旦那を襲ったのかもしれません」

と、言った。

高田がこの件に関与しているかどうかは定かではないが、もしかしたら高田に縄をかけることになるかもしれないと言っていた。

権太郎はまた進展があれば、伝えに来ると帰っていった。

仕事に戻ろうとしたが、この数日間は、文左衛門のことや、『淀屋』の牧田仁右衛門のことが頭にちらつき、あまりいい句を作ることができない。

座敷にこもっているると、句を作れない苛立《いらだ》ちと、考え事で頭の中がせわしくなるので、

「こういうときは、散歩でもして、気を紛らわせてください。先生、女のところはだめですよ」

と、二郎兵衛に半ば強制的に江戸座を追い出された。

どこぞの女のところに行こうかと思ったが、二郎兵衛の言葉が耳に残り、仲秋の夜長を半刻（約一時間）ほどぶらぶらしていると、

「先生」

暗闇で突然声を掛けられ、其角は思わず身構えた。

張りのある声だった。

振り返ってみると、提灯《ちょうちん》の灯りに大高源吾の顔が浮かぶ。いくらか顎回りがすっきりしていたが、襟が薄く黄ばんでいた。

数ヶ月ぶりくらいである。

「大高さま。ご無沙汰しております。こんなところで会うとは奇遇ですな」

其角はきいた。

「いえ、先ほど江戸座に伺いましたところ、お弟子さんに先生は散歩に出られているということで」

「それは、ご足労をおかけしました」

「少しお話が」

大高は低い声を出した。

「もしや、高田さまのことで？」

其角がきく。

「はい」

大高は頷いた。

それから、辺りを見渡し、さらに警戒するように低い声を出した。

「先生は、吉原の岡っ引きとも親しいようですね」

「親しいというか、まあ顔なじみなもので。それに、今回は私の友人の文左衛門が襲われたので、いくらか気になっておりまして」

「ええ、お陰様で」

「先生はなんともありませんでしたか」

其角は笑って答える。

大高は硬い表情のまま、

「高田どのが紀文を襲ったというのは言いがかりです」

と、突然切り出した。

「私もそう思っております」

其角は落ち着いた声で返す。

「そうではなく、ほんとうに高田どのではありません」

大高はまどろっこしい言い方であったが、しっかりとした目つきで言った。

「大高さまは、襲った者について、何かご存じなので?」

其角は確かめた。

「いえ、それはわかりませんが、高田どのが吉原にはいなかったということは知っております」

「つまり……」

「詳しくは語れませんが、高田どのはその時刻、吉原とは離れた場所におりました」

大高は力強く言った。

「では、大高さまが高田さまと一緒にいらしたので？」

「……」

大高はそのことには急に黙り込み、

「高田どのが『奈良屋』の用心棒をしていることは存じております。そして、紀文が襲われた日は、奈良茂の付き添いで浅草寺に行き、奈良茂が用をすます間、その場にはいなかったようです」

と、話を少し逸らした。

このじれったさには、大高がもし高田と一緒にいたとしても、それを言えないわけがあるのだと感じ取った。

「私も高田さまの仕業ではないと信じておりますが、岡っ引きや同心などがどう考えるか。なんといっても、浅草と吉原は近くですから、他の場所にいたと言う者がなければ……」

其角は困ったように、頭を掻いた。

「やはり、そうしないといけませんか」

大高は若干肩を落とした。

地面の一点を見つめ、思い詰めたように、眉間に皺を寄せる。

「できれば、高田さまと面識のない者が言う方が信頼してもらえるでしょう」

其角は言い添えた。

「もし、それが出来ないときには？」

「最悪の場合、お縄にかかるかもしれません」

「捕まる……」

「しかし、奈良茂が動いています。あいつも、高田さまのことには全力を尽くしています。この間も、高田さまが疑われるというのは、雇った自分が疑われているのと同じだと憤っていましたから」

「奈良茂がそう言うのであれば、心強いですが……」

大高はまだ心配そうであった。

「大高さまは高田さまとも親しかったのですか」

其角はきいた。

「私は国許《くにもと》で、参勤交代の時にしか高田どのに会うことはありませんが、やはり名の知れた方だけあって、義理堅く、潔い男です。ことに、私とは馬が合いますので、やはり変な容疑をかけられるのは、納得がいかない次第で」

大高は言葉を選んでいるのか、ゆっくりと答えた。

「つかぬことをお伺いしますが」

其角は様子を見ながら、

「高田さまに好いお方はいらっしゃいましたか」

と、きいた。

「どうでしょう。あまり、そのようなことは存じておりませんが」

大高はどこか警戒するようにも見えた。はたして、お静が捕まったことを知っているのか。

其角は言うかどうか迷ったが、

「実は高田さまと親しいとされているお静という女が捕まりました」

と、まずは伝えた。

「そうですか」

大高の反応は薄かった。

知っていて惚けているのか、ほんとうに知らないのか、どちらとも見て取れなかった。

「お静の名前を聞いたことは？」

「ありません。今はあまり赤穂の者たちとも会っていませんので」

大高は言った。

それから、いまは貧乏暮らしで屑《くず》拾いや傘の張り替えの内職をするしか暮らす手段がないので、句会に顔を出す余裕はないが、新たな仕官先が見つかれば、また誘ってほしいと言う。

堀部も新たな仕官先と言う時に、やけに力んでいた。

前の主君のことよりも、これからのことを考えていると思わせたいのだろうか。

そのことが、やけに引っ掛かる。

「そういえば、堀部さまを訪ねてみたいと思うのですが、堀部さまともいまは繋がりがございませんか」

其角はためしにきいた。

「最後にあったのが、ふた月くらい前です。そのときに、西国に仕官先を探しに行くと言っておりました。互いに、新たな主君の元でと意気込んで別れました」

大高は考えながら言った。

「そうでございますか。もしよろしければ、明日にでも堀部さまをお訪ねしたいので、大高さまもご一緒に如何でしょうか」

「いえ、拙者は稼がなければなりませんので」

大高は丁寧に断った。

其角はふと思いだしたことがあった。

「大高さま。ちょっとお伺いしますが」

と、切り出した。

「いつぞや、彦根藩中屋敷に森川許六どのを訪ね、奥平源八どのを紹介してもらったそうですが」

「……」

大高の表情が厳しくなった。

「奥平源八どのは浄瑠璃坂の仇討ち……」

「先生」

大高は其角の言葉を制し、

「同じような境遇だったので、お会いしたくなっただけです。では、失礼いたします」

と一方的に言い、引き上げて行った。

三

翌日、またも江戸座に権太郎がやってきた。

「すみません、連日」

権太郎が詫びた。

「なにかわかったか」

其角は出し抜けにきいた。

「相変わらず、お静は口を割りません。しかし、毒は出島に出入りしている商人から買ったと言っています」

「出島に出入りしている商人っていうと?」

「名前は知らないと言っています」

「当てにならねえな」

「まあ、そんな商人を探すことも大変でしょうから、裏で糸を引いている者に手渡されたのでしょう。あまり、毒草について詳しいわけではなさそうです。それなのに、あんな珍しい毒草を使うなんて考えられませんから」

権太郎が引き締まった声で言い、

「ところで先生」

と、低い声で呼びかけてきた。

「昨日、先生の元に、浪人が訪ねてきていましたね」

権太郎が様子を窺ってくる。

「ずっと見張っていたのか」

「偶々見かけたので」

「おまえさんには関係のねえことだ」

其角は追い払うように言った。

「いえ、しかし」

権太郎はきつい目を向けてくる。

「その浪人が文左衛門を襲ったとでもいうのか」

其角は不機嫌そうに返した。

「そんなことは思っておりません。ただ、どなただったのか」

「だから、おまえさんが知ったところで、どうにもなることじゃねえ。俺はおまえさんが思っている以上に、顔が広いんだ」

「ただ、そのご浪人の方の名前を教えて頂ければ結構でございます」

「どうして、そこまで知りてえんだ」

「気になることは、虱潰《しらみつぶ》しにしておかなければなりません」

「同心に、そう言われたのか」

「あっしの性格ですんで」

「なら、おまえさんのわがままに俺が付き合うことはねえな」

「ですが、お願いします。先生にきつい吟味をしたくはありません」

「脅すつもりか」

「いえ、ただただあっしの願いであります」

権太郎は厳しい声ながらも、しっかりと頭を下げてきた。

顔を上げるなり、

「あの方は赤穂の大高源吾さまではございませんか」

と、見抜くような目で言う。

「知り合いか」

「ええ、少し」

「少しというと？」

「何かの折りに会ったくらいです。もちろん、大高さまが俳諧にも通じていて、先生とも親しい間柄というのは存じております。ただ、この期に及んで、先生に会いに来たということは……」

権太郎は、なかなかまどろっこしい言い方をする。

「新たな仕官先のこととか、いまは貧しい暮らしだから、句会に顔を出すことが出来ねえってなことだ」

其角は舌打ち交じりに答えた。

「それを伝えに？」

「そうだ」

「……」

権太郎は納得できない様子であった。

「俺を疑ってるのか」

其角は不満げに言った。

「いえ、もっと他のことかと思いまして。この機に先生を訪ねるというのは、高田さまの無実を訴えてきているのかと」

岡っ引きは、さらに目を厳しくした。

「高田さまはやっていないと言っている。俺もまさかとは思うが、だからと言って、おまえさんらの仕事の邪魔をするつもりもねえ」

其角ははぐらかした。

権太郎は冷静に其角の目を真っ正面から見ていた。

「その様子ですと、高田さまのことでなにか助けを求められたんじゃないでしょうか」

権太郎きは引き下がらなかった。

「助け？」

「はい。どうすれば、高田さまの疑いを晴らすことが出来るのかというのを」

「俺にそんな力はねえ」

「しかし、大高さまがどう思っているかは別の話です」

権太郎は、ぴしゃりと言う。

其角はしばらく黙った。

権太郎は何か言いたげだが、其角の表情を窺っている。

やがて、

「これはあっしの考えでしかありませんが」

と、権太郎が静かに口を開いた。

其角は権太郎を睨みつける。

「お静の様子からして、高田さまが本当に紀文の旦那を襲ったのか疑わしいです。もしかしたら、高田さまはやっていない。長年の勘がそう言っているんです」

「だったら、他の浪人を探してみりゃいいだろう」

「それなら、高田さまがもっと自分ではないと声高に主張すればいいと思うのです。そうしないのには、何かしらの理由がある」

「……」

「そして、高田さまと大高さまが会っていたというような話もあります。高田さまは堀部さまとも密にしています。赤穂の方々の想いというのは、おそらく……」

権太郎が続けようとした時、

「先生、失礼します」

と、部屋に二郎兵衛が入ってきた。

普段はこんな強引に部屋に入ってこない。

二郎兵衛は重苦しい顔をして、

「先生、伊達さまの遣いの方が」

と、告げた。

これは、いつもとは違う。相手方に聞こえないように、耳打ちをするのが二郎兵衛のやり方だ。

それに、伊達さまの遣いという言い方はしない。

二郎兵衛は目で合図をしてくる。

「他の部屋で待ってもらえ」

其角は答えた。すると、権太郎は腰を上げる。

「伊達さまを優先してください。あっしはまた来ます」

「すまなかったな」

其角は形だけ謝った。

権太郎は部屋を出る際に、

「紀文の旦那が襲われる数日前、高田さまが大川の屋根船で大高さまや堀部さまら赤穂の方々と、『淀屋』という上方の大店の番頭をしていた方と会っていたという話もありましてね」

「そうか」

其角は小さく頷いた。その表情を確かめてから、権太郎は帰っていった。そのあと、二郎兵衛が「遣いは来ておりません」と告げた。

「ああ、お前の様子でわかった」

「先生」

二郎兵衛が改まって呼びかける。

「やはり、討ち入りを考えているんだな」

其角が言った。

討ち入りについて、こっそり話していたに違いない。『淀屋』の番頭をしていた方というのは、牧田仁右衛門という者に違いない。

『淀屋』が討ち入りを焚きつけているのか。

金の工面はすると言っているのか。

詳しいことは、赤穂の者たちに聞いても教えてくれるはずがない。

「きっと、さっきの親分の言っていることは間違いありませんよ」

二郎兵衛は断言し、

「ただ、高田さまが自分がやっていないと証明できない限り、疑いを晴らすのは難しいでしょう。常に、高田さまに岡っ引きが張りつくことになります」

と、困ったように言った。

「よし、決着をつけよう」

其角は腹を決めて立ち上がった。

「駕籠を呼んでくれ」

其角は品川宿に向かった。秋の日暮れは早かった。

四

青大将を探して歩き回った。暗い道の先に、ぼやっと怪しく点《とも》る提灯が見えた。

急に風が吹き抜け、寂しい音を立てる。

其角はゆっくりと近づいていった。

「なんだ、先生じゃありませんか」

青大将が気の抜けた声でいう。

「もっと早く来ると思っていましたぜ」

「あれから何かわかったか」

「ええ、先生が喜びそうなことが」

「なんだ」

「その前に、ここをちょいと離れやしょう」

「ここは、お前の持ち場だもんな」

「よくお察しで」

「で、どこに？」

「付いてきてください」

青大将は音を立てずに、足を滑らすように歩き出した。

しばらく、暗い夜道を歩く。こんな時刻でも、旅人と出くわす。

「奴らは余程の無知か、追われているんでしょう」

青大将は通りすぎた後に言った。

「で、どこに向かっているんだ」

「まあ、いいから付いてきてください」

「ったく」

其角は舌打ちをした。

やがて、盛り場まで来て、湯屋の前で立ち止まった。

「この二階に、先生のお目当てがいますぜ」

「鎌村が？」

其角は声を潜めた。

「奴は金がなくて江戸を離れられないんですぜ」

青大将は言い、

「ここの湯屋に住み込みで働いているんです」

「用心棒みてえなことか」

「まあ、そうですね。あまり大きな声では言えませんがね。この湯屋はただの湯屋じゃございません。賭場にもなるし、金を払えば二階から女湯を覗けるようにもなっています。また、こっそりと男女が密会できるような部屋もあり、色々なことに使えるんです。それだけに、変な客も来ますから、用心棒なぞが必要で」

青大将が得意げに語る。

「で、鎌村をどうします？」

青大将が問い詰めてきた。

口を割らせる。

まずはそう思った。しかし、そんな簡単にいくだろうか。それよりも、もっと泳がせておけば、そのうち、共犯のもうひとりの浪人と会うかもしれない。それどころか、黒幕とも接触するかもしれない。

なんといっても、鎌村はいま金がないのだ。

もう一度せびることだって十分に考えられる。

其角はどうすればいいのか訊ねた。

「そりゃあ、先生。相手が油断している隙に乗り込んで、縛りあげてから、ゆっくり話を聞くべきでしょうな」

「俺にそんな術《すべ》は……」

其角の言葉が言い終わらぬうちに、

「先生、そんなのあっしがやるに決まっているじゃありませんか」

「だが、お前は手加減を知らないだろう」

「そんなことありませんぜ」

青大将が胸を張る。

其角は少し迷ってから、

「なら行ってみるか」

と、腹を括った。

それ以外に、高田の無実を証明することは出来ない。

きっと、あの時に高田と大高は会っていて、他人に聞かれては困る話をしていたのだろう。だから、大高は高田と一緒にいたと同心に訴えでることは出来ない。

「じゃあ、裏から」

青大将は言った。

ふたりは湯屋の裏手に回り、こっそりと扉を開けた。

ここは主と女房と気の利かない女中の三人がいるだけで、万が一出くわしたとしても、適当な言い訳で切り抜けられると、忍びこむ前に言われていた。

裏口から入ると、すぐに台所があり、そこを抜けると右手に二階へ上がる階段がある。二階からは物音がしない。

青大将は目で合図をしてから、素早い足さばきで、先に階段を上がっていった。

其角も続く。

二階には二部屋ある。どうやら、同じ建物ながら、住居と商いの場所は壁で完全に仕切られているようだ。

「右が物置なんで」

青大将は小声で言い、左側の扉を思い切り開けた。

灯りは点っている。

青大将がすぐさま灯りを消したかと思いきや、次の瞬間には部屋にいる浪人の腕をねじ伏せていた。

「なにをする」

浪人が驚いたように言う。

「鎌村」

青大将は低く、重たい声で呼びかけ、首もとに匕首《あいくち》を当てた。

浪人は静かに頷いた。

「誰だ」

鎌村は沈んだ声で呼びかける。

「お前の悪事もこれまでだ。紀伊國屋文左衛門を襲ったことはわかってる」

青大将は鎌村に顔を近づけた。

「岡っ引きじゃなさそうだな」

鎌村は言う。

「いいから、答えろ」

青大将は匕首をさらに押し当てた。

「……」

鎌村は言いよどんでいる。

「おい」

青大将は匕首と反対の手で握り拳をつくり、鳩尾《みぞおち》を殴った。

鎌村は鈍い声を出し、

「だったら、どうだっていうんだ」

と、開き直る。

青大将はさらに同じところを殴ろうとした。

其角は青大将の手を止めた。

「お前さん、随分金に困っているそうじゃねえか」

其角は落ち着いて言った。

鎌村は睨んでくる。

「場合によっちゃあ、金の面倒は見てやろう」

どうせ、奈良茂に払わせればいい。

「お前さんが文左衛門を襲うのに頼まれた金よりも多く出してやってもいい」

其角は金に糸目をつけずに言い付けた。

「えっ」

鎌村の目が丸くなる。

「誰に指示されて、文左衛門を襲ったんだ」

其角はきいた。

それに合わせるように、青大将は匕首をさらに押し当てた。

それでも、鎌村は迷っているようで、目をきょろきょろさせる。

「一緒にいた浪人の名前くらいはわかるだろう」

其角は問いを変えた。

「羽原《うばら》茂《も》十郎《じゆうろう》」

「どんな奴だ」

「詳しくは知らぬが、俺と同じ金のない浪人だ」

「そいつはどこに逃げた？」

「知らない。ほんとうだ。その男から誘われてやったんだ」

鎌村は答えた。

「先生、どうしますか」

「どうしようもねえ。こいつを岡っ引きに引き渡すしかねえ」

「それだけは」

「いや、ならねえ」

「他のことなら何でもする」

「駄目だ」

「お願いだ」

鎌村が頭を下げてきた。

「先生が駄目だと言っているんだ。もう諦めえい」

青大将が声色を変えて言う。

「お前さんはただ襲っただけだ。相手は怪我もしていねえし、傷すらねえ。正直に話せばそこまで重い罪には問われねえ」

其角は言い、

「……」

「岡っ引きにつるんだ浪人のことをちゃんと話すんだ」

「どうだ、わかったか」

「わかった」

鎌村は頷いた。が、すぐ、

「おまえさんは誰なんだ？」

と、きいた。

「宝井其角」

「どこかで聞いたことがあるような」

「知る必要もねえ」

其角は吐き捨てるように言った。

「俳諧師の先生だ」

青大将が口を挟んだ。

「もうひとりの浪人は羽原茂十郎とか言ったな。羽原はなんのために紀文を襲うと言ったのだ？」

「何のためか知らない。脅すだけで、十両くれると言うので」

「羽原は誰に頼まれたか知っているか」

鎌村は首を横に振った。

「ただ、羽原が『俵屋』っていう宿屋に入って行くのを見た。たぶん、相手はわからないが、『俵屋』の客に会いに行ったんだ」

「『俵屋』だと？」

「ああ、そうだ」

『俵屋』の主人ではない。きっと、そこに泊まっていた牧田仁右衛門だ。

其角は確信した。

しかし、その考えは鎌村には告げなかった。

「同じことを岡っ引きの前でも話してくれるか」

其角はきいた。

「わかった。先生を信じて」

鎌村は熱い目で見てくる。

「任せろ」

其角は青大将に目で合図した。

青大将が匕首を鎌村の首元に当てながら立ち上がらせる。

「宿場役人に引き渡す」

其角は言った。

三人は部屋を出て行った。

遠くで犬の遠吠えが聞こえてきた。

其角が吉原に着いたのは、それから一刻（約二時間）後のことだった。

もう四つ（午後十時）も過ぎ、大門は閉まっている。大門脇のくぐり戸は開いており、そこから入ると、すぐに権太郎がやって来た。

「先生、こんな遅くにどうしたんですか」

「鎌村を捕まえた」

「鎌村といいますと、あの紀文の旦那を襲った？」

権太郎が驚いた声を上げた。

「そうだ。品川宿の宿場役人に預けた。権太郎親分が引き取りに行くと伝えてある」

「そうですかえ。わかりました。明日の朝、引き取りに行きます」

「それから、もうひとりの浪人は羽原茂十郎と名乗ったそうだ。この羽原が鎌村を誘った。高田郡兵衛さまではない。よく確かめるのだ」

「へい」

「羽原は、『俵屋』の客から文左衛門襲撃の話を聞いたようだ。おそらく、その客は『淀屋』という上方の大店で、いまは当主の代わりをやっている牧田仁右衛門ってえ男ではないかと思う」

と、告げた。

「やはり、あの牧田仁右衛門が絡んでいましたか」

「もう江戸にはいねえがな」

「でも、あれだけの大店です。上方からまた姿をくらますことはないでしょう」

「向こうの奉行にでも任せるのか」

「ええ」

権太郎はどこか不安げに頷いた。

「金の力で、向こうの奉行を買収しているかもしれねえって考えているのか」

其角はずばりきいた。

岡っ引きが気まずそうに言う。

「どうした」

其角はきき返す。

「じつは探索が打ち切られてしまいました」

岡っ引きは重たい声で告げた。

「打ち切り？　どういうことだ？」

其角は意味がわからずきき返した。

「南町《みなみまち》奉行からの命令です。紀文の件はこれ以上探索に及ばずと」

権太郎が答える。

「松前伊豆守《まつまえいずのかみ》さまか」

松前は四年前に南町奉行に就任した。その前の職は京都東町奉行であった。松の廊下での刃傷のあと、浅野内匠頭の肩を持つようなことを言っていたと、伊達公の会で誰かが言っていたのを思い出した。

「松前さまの命令なんだな」

其角はもう一度確かめた。

「ええ、あっしはそのように聞いています。ですから、もう鎌村を捕まえることは出来ません」

「なんてことだ。いったい、何があったのだ？」

「わかりません。ですが、明日鎌村に会ってきます。真相だけは知っておきたいので」

「うむ」

其角は唸った。

夜遅く、其角は釈然としない思いで吉原から帰ってきた。

数日後、奈良茂がひょいと江戸座を訪ねてきた。傍には、高田郡兵衛もいる。

「先生ありがとうございました」

高田が深く頭を下げる。

それに続くように、

「私からも、お礼申し上げます」

と、奈良茂が倣った。

「なんのことでしょう?」

其角は高田に惚けた。

「先生のおかげで、紀文を襲撃した浪人がわかったと、吉原の権太郎から聞きました」

「なにも、私のおかげではありませんが」

「いえ、先生が拙者のために動いてくださったのだと」

高田はもう一度頭を下げる。

「それにしても、どうやって、鎌村という男を見つけたのですか」

奈良茂が不思議そうに、口を挟んできた。

「きっと、襲ったからには、金をたんまりもらって、江戸から出るように指示されたんだと考えた。それで、品川に逃げたんだろうと睨んだ。だが、そういう浪人だから、江戸にまだ未練があって、品川に残っているかもしれねえと思って探してみたんだ。そしたら、案の定居たってまでだ」

其角は淡々と答える。

青大将の名前は出さなかった。

「しかし、不思議ですな」

奈良茂は首を傾げ、

「ほんとうにそうなんですか」

と、問いただしてきた。

「俺を疑おうってえのか」

其角は怒ったように言い返す。

「いえ、そうではございませんが」

奈良茂は言葉を濁した。

ふたりはただそれだけを伝えに来たようであったが、

「ところで、私の方から高田さまにおひとつお伺いしてもよろしいでしょうか」

と、其角は切り出した。

「ええ」

高田は真っすぐな目で頷く。

「文左衛門に毒を盛ったことで捕まったお静のことですが」

「はい」

「お静とは関係があったのですか」

「……」

「別に責めているわけではございませんが、ただ知っておきたいと思いまして」

其角は言った。

高田は少し戸惑いながらも、

「お静とはそういう仲になりましたが、いまはもう未練がありません。なぜ、毒を盛ったのかはわかりません。ただ、誰かにそそのかされたことだけは確かです」

と、答えた。

不十分ながらも、其角は大きく頷き、「そういうことでしたか」と納得したかのように振る舞う。

ふたりが帰って行ったあと、偶然、吉原の権太郎がやって来た。

「先生、その節はありがとうございました」

権太郎も、まずは礼を言った。

「やめてくれ」

其角は頭を上げさせた。

「この件はもう少し調べる必要がありそうですが、お静もとうとう牧田仁右衛門の手の者から、毒を盛るように指示されたことを明かしました。なんでも、二十両もの金をもらっていたそうです」

「お静に借金でもあったのか」

「それが全く見当たりません」

「二十両をもらって、仕事をやめて、どこかでひっそり暮らそうとでも？」

「いえ、そうでもなさそうです」

「だったら……」

其角は口走ったとき、ふと脳裏に浮かんだことがあった。

権太郎も、気づきましたかというように、其角を見てくる。

「まさか、高田さまの為に二十両を手にしたのか」

其角はきいた。

「本人は否定していますが、おそらくそうでしょう」

権太郎が断定する。

「高田さまの新たな仕官先が見つかるまでの金ってことか」

「もしくは……」

権太郎は口を濁らせた。

其角は何が言いたいのか薄々気が付いていたが、

「まあ、いい」

其角は止めさせた。

これから、牧田仁右衛門らがどうなるのか。そして、紀伊國屋文左衛門がどう動くのか。さらに、赤穂の者たちは何を考えているのか。

不吉な予感がしてたまらなかった。

五

其角は八丁堀の『紀伊國屋』の離れにある茶室で文左衛門と差し向かいになった。

「おまえさんを襲ったふたつの事件、探索が中止になったそうだ」

其角は切り出す。

「そうらしいですね」

文左衛門は目を伏せて答える。

「誰から聞いた？」

「奉行所にも手なずけている者がおりますから」

文左衛門は悪びれずに答える。

「『淀屋』の牧田仁右衛門も大坂に帰ったそうだ。どうだ、そろそろ、真相を話してくれてもいいだろう」

「真相といっても私はわかりません」

「おまえさんは二度も襲われながら、案外と平然としていた。命までとられる恐れはないことがわかっていたからだ。つまり、二件とも脅しに過ぎないと思っていた。そして、脅しの内容もわかっていたんじゃねえのか」

「……」

「襲撃の前、おまえさんは大川に繰り出した屋根船の中で牧田仁右衛門と会っていたそうではないか」

「それはご挨拶がてら」

「いや、牧田仁右衛門はおまえさんに何かを頼んだのではないか。だが、おまえさんはいい返事をしなかった。そこで、牧田仁右衛門は二度に亘っておまえさんに脅しをかけた」

「頼みってなんですね」

「『淀屋』は西国大名に莫大な貸付をしているそうだな。それが幕府を倒すための手段だなどという噂を柳沢出羽守さまに吹き込み、『淀屋』を潰そうとしていると」

「先生、ひょっとして、それは奈良茂から聞いたのではありませんか」

「うむ」

「そうなんですね。奈良茂の言うことを真に受けてはいけませんよ」

文左衛門は首を横に振る。

「奈良茂はこんなことを言っていた。幕府は小判における金の割合を少なくし、従来の小判二枚分の金で、三枚を鋳造し、貨幣量を増やした。つまり、銭を造り過ぎていることから物の値が上がり、大名家の財政を圧迫している。この貨幣の鋳造に関わっているのが『紀伊國屋』だ。だから……」

其角は問い詰めるように言う。

「なるほど。もっともらしい言い草」

文左衛門は笑ったあとで、

「先生、よく考えください。それだけでは、私を脅しても意味ありません。私が脅しに屈して貨幣の鋳造から手を引いたとしても、『紀伊國屋』に代わって『奈良屋』が請け負うことになりましょう」

「そうかな」

其角も冷笑を浮かべ、

「『奈良屋』とでは、柳沢さまとそなたとの結びつきのようにはいくまい」

と、迫った。

「文左衛門、おまえさんは今回の件があってからというもの、わしを避けているように思える」

「先生」

「いや、いいわけはいい。わしはほんとうのことが知りたいんだ。いや、だいたい、奈良茂の言うとおりだと思っているが、おまえさんの口から聞きたいのだ」

「なぜ、ですね」

「なぜ？　それは当然だ。おまえさんの身を案じているからだ。この先も同じようなことがあるかもしれない。おまえさんに危害が加えられようとしているのを黙って見ていられるか」

其角は熱く説いた。

「先生……」

文左衛門は頭を下げた。

「どうだ、おまえさんがほんとうのことを話しても、もはやどうってこともないのだ」

其角は諭すように言う。

しばらく文左衛門は迷っていたようだが、意を決したように鋭い目を向けた。

「先生、お話しいたします」

「話してくれるか」

「先生、驚かれませんように」

文左衛門が厳しい表情で言う。

「驚く？」

「あの毒の狙いは私ではありません」

「どういうことだ？」

「お静という女の狙いは別にいました」

「別に？　おまえさんを脅すためではなかったというのか」

「そうです」

「じゃあ、誰だ？」

「先生は私の様子から毒だと気づいたのですね」

「うむ、口に含んだとき、妙な味がした。だが、おまえさんの様子がおかしいことに気づかなかったら呑み続けたかもしれない」

「それで助かったんです」

「……」

「先生、狙いは先生だったんです。私じゃないんです」

「なに、わしだと」

其角は頭の天辺《てっぺん》から声を出した。

「どういうことだ？」

其角は混乱した。

「あの毒は先生に向けられたもの。私のは狙いを晦《くら》ませるため。私は隠れ蓑《みの》でした。先生のほうには死に至る量の毒を酒に……」

「ばかな。誰がわしを殺そうとするのだ？　わしを殺して得をする者などいるはずない」

其角は言い切る。

「よく、お考えください。先生はある事件の真相を……」

「そんなもののない。あえていえば、松の廊下の刃傷だ。内匠頭さまが乱心したと……」

母桂昌院《けいしょういん》の従一位《じゅいちい》への昇進が確定する大事な日に水を差されたという怒りはわかるが、即日切腹、御家断絶という綱吉公の裁断は私情にかまけたという誹《そし》りを免れない。特に乱心であればなおのこと。

綱吉公への非難を封じ込めるために、柳沢出羽守は内匠頭の刃傷は恨みからとするしかないと考えた。そこで、内匠頭を取り押さえた梶川与惣兵衛に、「この間の遺恨覚えたるか」という内匠頭の声を聞いたことにさせたのだ。

そして、内匠頭がそんな言葉を発していないことを知っていた茶坊主の宗心を殺し、口を封じた。

「まさか、そのことか」

其角はかっと目を見開いた。

「私は二度目に浪人に襲われましたが、相手は斬る気がなかった。脅しでした。しかし、脅しにどんな意味があるのでしょう。私を脅したところで何も変わりません。そう考えたとき、はたと気づきました。あの襲撃は、毒の件からこの文左衛門が狙われていると思わせるためのものだと。つまり、狙いは其角先生だということを隠すためだったと……」

文左衛門は続ける。

「私はさっそく柳沢さまにお目通りいただきました。そして、事の次第を伺いました。柳沢さまは何も答えられませんでしたが、私の見立てに間違いはないと確信しました。その上で、其角先生を亡きものすることは、かえって内匠頭さまの刃傷のわけが其角先生の考えどおりだったことを裏付けさせてしまいますと申し上げた。其角先生はおおっぴらにそのことを吹聴していません。お気になさらずともよろしいと」

「……」

「もう先生を狙うことはないと思います。だから、私はこの件について先生には言わずにおこうと……」

文左衛門は語り終えてほっとしたようだった。

「なぜ、奈良茂は牧田仁右衛門がやったと言ったのだ？」

「わかりません。本気でそう思っていたのか。柳沢さまの意を酌んでいるのか」

「去年、おまえさんは投獄されたときいたが？」

「いえ、牢には入っていません。自身番に一晩留め置かれました。何者かの讒言《ざんげん》で。でも、すぐ柳沢さまが動いてくれましたので」

「誰が讒言したのか想像がついているのか」

「いえ」

「奈良茂ではないのか」

「さあ、どうでしょうか」

口ではなんとも思っていないと言っているが、奈良茂は文左衛門に激しい敵愾《てきがい》心を持っているのかもしれない。

「それにしても、投獄されたなど、誰が言いだしたのだ」

「さあ」

文左衛門は首をひねる。

「まあいい。それより、柳沢さまのことだが、やはり、わしの想像は当たっていたか」

「はい」

「刃傷が遺恨によるものとするためには赤穂の者が吉良どのに仇討ちをすることが必要だ。それで、柳沢さまは吉良どのの屋敷を本所松坂町に移したか。赤穂の者に、仇討ちしろと言わんばかりに整えてやっているようなものだ」

「柳沢さまは赤穂の者に仇討ちをさせたいのでしょうか」

「赤穂の者が仇討ちを決起すればいいのであって、吉良どのを討ち果たすかどうかはどうでもいい。返り討ちにあっても構わないのではないか。いや、仇討ちを企てている証拠を摑んだら、その前に取り押さえるつもりなのかもしれない」

其角は憤然と言う。

「柳沢さまならそうかもしれません。それより」

と、文左衛門が口にする。

「刃傷が乱心によるものだとしたら、内匠頭さまの身近に仕えた者はそのことに気づかれているのでは？　たとえば家老の大石さまなどは？」

「うむ。大石だけでなく、近習の片岡源五右衛門《かたおかげんごえもん》らは乱心だと思っているかもしれない」

「だとしたら、大石どのは仇討ちには大義がないと思われているのではありませんか？　他の者たちは遺恨を信じているかもしれませんが、少なくとも大石どのは仇討ちなど考えておいでではないのでは？」

文左衛門が疑問を呈する。

「大石どのは御家再興がならなかったときは、吉良どのを仇としてあえて討つと、わしは思う」

「なぜですか」

「大石どのは内匠頭さまが乱心したのに碌《ろく》に調べもせずに御家を廃絶にした綱吉公への抗議と同時に、内匠頭さまが乱心の末に御家を廃絶に追い込んだという不名誉を消したいのではないかと思う」

「乱心ではなかったことにするというのですか」

「そうだ。その点では、柳沢出羽守さまも大石どのも考えが一致している」

「それでは、吉良さまが一番ばかを見るではありませんか。陰湿ないじめをした強欲爺《じじい》という世間の悪評を受けた末に討たれるなんて」

文左衛門は同情した。

「いや、柳沢さまは仇討ちの前に赤穂の者を捕縛させるのではないか」

「……」

文左衛門は黙って頷いた。

大高源吾は彦根藩中屋敷に森川許六を訪ね、浄瑠璃坂の仇討ちの奥平源八を紹介してもらっている。手本にするつもりだったのではないか。

やはり、仇討ちに向かっていると思わざるを得ない。

「ところで、襲撃の前に屋根船の中で『淀屋』の牧田仁右衛門と会った用件はなんだ。単なる挨拶だとは言わせねえ」

其角は文左衛門を睨んだ。

「私が誘ったのです」

「おまえさんが？　なぜだ？」

「あることを探るように、柳沢さまに頼まれて」

「何を頼まれたのだ？」

其角ははっと思いだしたことがあった。

『淀屋』の牧田仁右衛門は堀部安兵衛に会いたがっていた。

「ひょっとして、『淀屋』は赤穂の者に金銭の援助を……」

「はい」

「しかし、『淀屋』は西国の大名に金を貸していたそうだが、赤穂浅野家は廃絶になったのだ。つながりは……」

「大石さまですよ。大石さまと『淀屋』は親しい間柄で」

文左衛門は続ける。

「石清水八幡宮の覚運どのは大石どのの養子です。『淀屋』は石清水八幡宮にも寄進をしています。そこからのつながりでしょう」

「そうか」

牧田が堀部に会ったのは大石の言伝《ことづ》てがあったのか、それとも金銭の援助をするためにだったのか……。

「先生は赤穂と吉良さまのどっちの味方を？」

文左衛門がきいた。

「わしはどちらの味方でもない。ただ、柳沢出羽守さまのやり方は気に食わない」

「先生」

文左衛門が真顔になり、

「じつは柳沢さまがお会いしたいと仰っているのですが」

「わしも会いたいと思っていたところだ。だが、柳沢さまの屋敷はだめだ。殺されるかもしれねえからな」

其角は口元を歪めた。

「そんなことはありません」

「いや、信用出来ねえ。それに、わしのほうが茶坊主の宗心殺しなど、柳沢さまのこれまでのことを糾弾するかもしれない。ここだ。この茶室でなら会うと伝えろ」

其角は柳沢出羽守に注文をつけ、『紀伊國屋』を出て、江戸座に帰った。

二郎兵衛が厳しい顔をしていた。

「どうした?」

「さっきまで、近松さまがいらっしゃっていました」

「なんだって? まだ江戸にいたのか。何を話した?」

「いえ」

「言伝ては?」

「私に会いに……」

「なんだと」

「ただ、私のことをいろいろ聞いていました。先生」

二郎兵衛は真剣な顔つきになって、

「芭蕉先生のお弟子さんたちもそうですが、なぜ近松さまも」

「いけねえ、約束を忘れていた」

其角はあわてて立ち上がった。

「二郎兵衛、出かけてくる」

「先生、逃げるのですか」

「違う。女が待っているんだ」

其角は逃げるように外に飛び出した。

さて。どの女のところに行くか。後家や呑み屋の女将らの顔を思い浮かべて、其角はにやつきながら足を急がせた。

光文社文庫

文庫書下ろし／長編時代小説

角《つの》なき蝸牛《かたつむり》　其《き》角《かく》忠《ちゅう》臣《しん》蔵《ぐら》異《い》聞《ぶん》

著者　小《こ》杉《すぎ》健《けん》治《じ》

2023年12月20日　初版1刷発行

発行者　三宅貴久
印刷　萩原印刷
製本　ナショナル製本

発行所　株式会社　光文社
〒112-8011　東京都文京区音羽1-16-6
電話（03）5395-8147　編集部
8116　書籍販売部
8125　業務部

ISBN978-4-334-10165-7　Printed in Japan

組版　萩原印刷